Silke Müller | Kleiner Anton ganz groß

AF198966

Silke Müller

Kleiner Anton ganz groß

Eine Geschichte
zum Erwachsenwerden
und für große Leute

Die Bibliografische Information der Deutschen Bibliothek

Die Deutsche Bibliothek verzeichnet diese Publikation in der Deutschen Nationalbibliografie; detaillierte bibliografische Daten sind im Internet über www.d-nb.de abrufbar.

Einbandabbildung: © locrifa, Fotolia
Herstellung und Verlag: BoD - Books on Demand, Norderstedt
© 2017 Alle Rechte bei der Autorin
ISBN 978-3-7448-3463-6

Vorwort

Dieses Buch ist für alle Menschen geschrieben, die in ihrem Leben auf eine Reise gehen wollen. Auf eine Reise zu sich selbst und mit den anderen, um besser zu verstehen, einander näher zu kommen und den Sinn des Lebens zu erkennen.

In uns allen ist ein kleiner Anton verborgen. Irgendwo haben wir ihn versteckt oder sind ihm schon einmal begegnet – wir haben es nur vergessen oder trauen uns nicht, diesen Teil in uns zu leben, da wir verlernt haben, wie es ist zu träumen. Es liegt an uns selbst, ihn wieder in unser Leben zu holen und damit so viele schöne, lebenswerte Momente.

Anton wurde jeden Morgen um die gleiche Uhrzeit von seiner Mutter geweckt. Es war halb sechs und Barbara drückte die Türschnalle seiner Kinderzimmertür nach unten. Langsam betrat sie den Raum. Ihr Kopf war voll von tausend Dingen, die sie heute noch zu tun hatte. Sie war eine sehr liebevolle Mutter, Ende dreißig, die ihr Leben voll unter Kontrolle hatte – dachte sie zumindest. Sie war sehr ordnungsliebend, weshalb sie und ihr Mann Uwe auch eine Haushälterin eingestellt hatten, denn beide hatten viel zu tun und mussten lange arbeiten. Außerdem war es praktisch, eine Haushälterin zu haben, da Martha, so hieß die junge Dame, neben den häuslichen Aufgaben wie Putzen und Kochen auch gleich ein wenig in der Kindererziehung mithelfen konnte. Sie waren der Meinung, dass es nie früh genug sein konnte, dass ihr Sohn neben ihnen auch andere Erwachsene in seinem Leben hatte, um verschiedene Sichtweisen zu erlangen, damit er sich später in seinem Berufsleben leichter tun würde in der Welt der Erwachsenen.

Anton öffnete die Augen und sah, noch leicht verschwommen, weil er noch nicht ganz wach war, das liebevolle Gesicht seiner Mutter. Sie lächelte ihn an und wischte ihm den Schlaf aus dem Gesicht. Ihre Worte waren fast jeden Morgen die gleichen, doch für Anton waren sie sehr kostbar, da es nur die paar Minuten am Morgen waren, an dem seine Mutter und er ein wenig Zeit miteinander hatten.

»Hallo, mein Schatz, es ist Zeit aufzustehen, die Sonne lacht schon und freut sich, dich zu sehen!« Bei Regen waren es eben die Regentropfen und im Winter meistens die Frau Holle. Aber das war nebensächlich, da es Anton nur wichtig war, seine Mutter ganz nah bei sich zu haben. Sie duftete immer so gut nach ihrem Rosenschaumbad, das sie sich jeden Abend gönnte und dessen Duft noch morgens bis ins oberste Stockwerk ihres Einfamilienhauses zu riechen war. Oft hatte Anton schon an dem Flacon gerochen, in dem sich dieser Duft befand, immer dann, wenn seine Mutter erst spät abends nach Hause kam und er schon Stunden zuvor von Martha zu Bett gebracht worden war und bereits fest schlief, wenn seine Mutter noch mal zu ihm ins Zimmer kam, um ihn zu küssen und ihm zu sagen, dass sie ihn sehr lieb habe, obwohl sie es schon wieder nicht geschafft hatte, ihn selbst ins Bett zu bringen, wie sie morgens fast immer versprach.

Anton war ein glückliches Kind, obwohl er sich natürlich mehr Zeit mit seinen Eltern gewünscht hätte. Sie wiederum beteuerten immer wieder, wie wichtig es sei, viel zu arbeiten und Geld zu verdienen, damit man später einmal mehr Zeit hätte und sich vieles leisten könnte. Auch für ihn würden sie es tun, da es wichtig sei, seinem Kind eine gute Ausbildung und ein Studium zu ermöglichen. Damit gab sich Anton lange Zeit zufrieden und dachte auch, das sei ganz normal und in allen Familien so.

Anton war fünf Jahre alt und ging in den Kindergarten gleich zwei Straßen weiter. Das war sehr praktisch, denn so konnte er auch einmal alleine nach Hause gehen, wenn Martha frei hatte und die Eltern von der Arbeit nicht weg konnten, und das war eigentlich fast immer der Fall. Bis auf ein einziges Mal, da hatte Anton beim Spielen vergessen, dass er auf die Toilette musste, und als es nass um ihn herum wurde und die anderen Kinder ihn auslachten, fuhr Barbara von der Arbeit weg, um ihrem Sohn frische Kleidung zu bringen nach dem Anruf der überforderten Kindergartentante, die ihr einen Vortrag über »psychische Probleme« hielt. Danach nahm sich Antons Mutter vor, mehr Zeit mit ihrem Sohn zu verbringen – aber das scheiterte schon nach wenigen Tagen.

Anton passierte dieses Missgeschick nie mehr, aber nicht, weil irgendwelche Probleme gelöst worden wären, die ihm unterstellt wurden, sondern weil er von diesem Zeitpunkt an auch dann die Toilette aufsuchte, wenn er keinen Drang verspürte. Sicher ist sicher, dachte er sich, und merken tat es sowieso keiner, da er kein Kind war, das viele Freunde hatte, sondern meistens allein war. Es störte ihn nicht, alleine zu sein, er war es ja

11

von zu Hause gewöhnt, sich mit sich selbst zu beschäftigen und leise zu sein, weil sein Vater wichtige Telefonate führte und dann keine Störung duldete. Ein einziger Blick seines Vaters genügte und Anton wusste: Jetzt ist Ruhe angesagt. Uwe wurde nie böse oder schimpfte mit Anton, doch er drückte sein Missfallen an Antons Verhalten durch eisiges Schweigen aus. Das war schlimm. Denn weil Antons Vater genau wie seine Mutter fast nie Zeit für ihn hatte, war alles, was Anton kriegen konnte, umso wertvoller für ihn und er wollte nichts davon aus Unachtsamkeit riskieren.

Anton war ein sehr braves Kind, das immer darauf achtete, nichts kaputt zu machen oder zu laut zu werden. Er versuchte ständig, seinen Eltern im Haushalt zu helfen, was aber gar nicht auffiel, da Martha ja da war, und so schenkte ihm keiner Beachtung deswegen. Das wusste Anton jedoch nicht. Er dachte, er müsse sich einfach mehr bemühen und noch braver werden, damit er mehr Aufmerksamkeit bekäme. Zwar sagten ihm seine Eltern, wie stolz sie auf ihn waren, aber im Grunde hatten sie wenig Ahnung, wer er wirklich war, was in ihm vorging und wo er Hilfe brauchte. Sie bemühten sich beide auf ihre Art, das Beste zu tun, jedoch reichte es nicht, ihrem Sohn das Gefühl von Geborgenheit zu schenken. Anton selbst wusste zu diesem Zeitpunkt auch noch nicht, was das war, er versuchte es seinen Eltern nur recht zu machen.

Wie gesagt war Anton erst fünf Jahre alt und versuchte mit den Erwachsenen Schritt zu halten. Die wenigen Momente, in denen er es sich erlaubte, Kind zu sein, waren die am Morgen, wenn ihn seine Mutter weckte, anschließend mit ihm ins Bad ging und ihn für den Tag zurechtmachte. Oft gab es ein paar Wasserspielchen, bei denen sie ausgelassen quietschten, wenn sie die laufende Wasserleitung zuhielten und das Wasser durch ihre Finger spritzte und alles dabei nass machte. Einmal kam sein Vater herein. Von den fröhlichen Stimmen und dem Lachen angelockt, wollte er sehen, was da wohl los war so früh am Morgen. Er fand es dann nicht mehr so interessant, da er schon fertig angezogen war und eine Ladung kaltes Wasser auf seinen Tipptopp-Schneideranzug abbekam, den er erst am Vortag abgeholt hatte. Der musste dann natürlich gewechselt werden und dem entsprechend war dann auch seine Laune, als er das Haus verließ. Er hatte schließlich einen wichtigen Termin und wollte seine Klientin nicht warten lassen!

Antons Vater war Anwalt und auf Wirtschaftsrecht spezialisiert. Seine Mutter arbeitete in derselben Kanzlei, sie hatte Uwe dort auch kennengelernt und versuchte nach wie vor, seinen hohen Anforderungen gerecht zu werden. Eigentlich hatte sie das nie gewollt. Sie hatte ganz andere Träume gehabt, aber ihr Vater hatte ihr damals ermöglicht, ein Praktikum beim besten Anwalt der Stadt zu machen, dessen Familie er von früher her gut kannte. Barbaras Vater war Zimmermann, also Tischler, und hatte der Familie des Anwalts damals, als wegen der Osterfeiertage kein anderer Tischler kommen wollte, den Dachstuhl repariert. Der Dachstuhl war ein bisschen in die Jahre gekommen und ein starkes Gewitter hatte sein Übriges getan, sodass seitlich am Mauerwerk Wasser eintrat. Da die Anwaltsfamilie recht wohlhabend war, war es ihr egal, was es kosten würde, sie wollten es nur gleich erledigt haben. Und weil niemand anderes zu dieser Zeit zu erreichen war als Barbaras Vater, bekam er den Auftrag und danach viele weitere und es entwickelte sich so etwas wie eine Freundschaft zwischen den beiden Familien.

Barbaras Mutter war schon sehr früh verstorben. Die kleine Barbara war damals nicht viel älter gewesen als ihr Anton heute, und deshalb bestand die Fürsorge ihres Vaters auch darin, für seine Tochter alle Möglichkeiten, die er nur für sie bekommen konnte, wahrzunehmen. Es erschien ihm sinnvoll, denn Barbara war sehr klug und hatte auch eine gute Schule besucht, die es ihr mit ein bisschen Glück und Fürsprache ermöglichte, einen guten Job in einer Anwaltskanzlei zu bekommen. Und genau so eine Situation bot sich ihm, als er von dieser Familie ein Angebot bekam, das er nicht abschlagen konnte. Genau wie Anton jetzt wollte sie es ihrem Vater damals recht machen und ihm auch ihre Dankbarkeit zeigen für sein Bemühen, das aber streng genommen nur seiner Sicht der Dinge entsprach, von denen er glaubte, dass sie gut für seine Tochter seien. Ihr wäre es auch recht gewesen, als normale Sekretärin in einem Büro zu arbeiten und keine großartige Karriere zu machen, dafür aber eine Familie und viel Zeit für diese zu haben, denn das erschien ihr immer wichtig.

Nun, die Dinge kamen ein bisschen anders: Barbara wurde zu einem Vorstellungsgespräch in dieser besagten Kanzlei eingeladen. Ganz aufgeregt kam ihr Vater eines Abends nach der Arbeit nach Hause und wedelte mit der Einladung vor ihrem Gesicht herum. Sie versuchte sich zu freuen, um ihren Vater nicht zu kränken, wo er sich doch all die Jahre nach dem Tod ihrer Mutter um sie gekümmert und auf so vieles verzichtet hatte, nur um ihre Ausbildung zu ermöglichen. Na ja, dachte sie, anschauen kann ich es mir ja einmal, mit dem Gedanken im Hinterkopf, dass ihre Vorkenntnisse sowieso nicht reichen würden für diese Kanzlei, von der man wusste, dass es sich nur die bessere Gesellschaft leisten konnte, von

15

ihr vertreten zu werden. Nein, sie glaubte nicht, dass es gut gehen würde.

Sie irrte sich. Beim Vorstellungsgespräch saß sie einem Mann gegenüber, der gut zwanzig Jahre älter war als sie, sich jedoch sehr freundlich und ungezwungen mit ihr unterhielt. Sie waren sich auf Anhieb sympathisch und eine gewisse Vertrautheit war gleich zu spüren, obwohl man sich das erste Mal im Leben sah. Er war ein Mann um die vierzig, hatte gepflegtes, dichtes Haar, einen starken Bartwuchs, den er durch einen gepflegten Dreitagebart ein wenig zu kaschieren versuchte, und eine ungemein sympathische Ausstrahlung, die ihr sofort Vertrauen einflößte. Dieser Mann war Uwe und Barbara war hin und weg von diesem charismatischen Mann. Uwe war ebenso begeistert von dieser so liebreizenden jungen Frau, die aber genau zu wissen schien, was sie wollte. Dass Letzteres nur aufgesetzt war, um ein gutes Bild abzugeben und um ein wenig darüber hinwegzutäuschen, dass es an Fachkenntnissen mangelte, war ihm in diesem Moment egal. Er hatte einen guten Namen, war der Top-Anwalt der Stadt, er hatte es weit gebracht in kurzer Zeit und er war gewohnt zu bekommen, was er wollte, und er wollte sie. Er dachte: Irgendwie kriege ich das schon geregelt und sie wird sich ja wohl bemühen, um diesen Job zu bekommen.

Und so war es auch, Barbara arbeitete außerordentlich viel, machte Überstunden und versuchte damit auch ihr fehlendes Können auszugleichen. Uwe und sie verstanden sich recht gut und sie kamen sich auch privat immer näher, da sie oft länger blieb, um noch etwas nachzuarbeiten, und er sowieso oft bis Mitternacht über den Unterlagen brütete, wenn er wieder einen seiner sehr speziellen Fälle hatte. Beide hatten keine Familie, die zu Hause auf sie wartete, und so ergab es sich, dass sie immer mehr Zeit miteinander verbrachten. Beruflich nahm er sie oft zu Geschäftsessen am Abend mit, um sie ein wenig einzuführen in die hohe Kunst des Verhandelns, wie er es nannte, und Barbara genoss die Aufmerksamkeit, die ihr damit zuteil wurde. Sie machte sich dann immer besonders hübsch, trug ihr blondes, naturgelocktes Haar offen, das sie tagsüber im Büro immer ordentlich zu einem Pferdeschwanz zusammenband, betonte ihre großen Mandelaugen mit ordentlich Eyeliner und Wimperntusche und zog sich immer ein hübsches Kleid an, das ihrer Figur schmeichelte. Am Tag war dies ja alles Nebensache und sie war bemüht, mit ihrer Leistung zu punkten, doch der Abend gehörte ihr, da brachte sie ihre Weiblichkeit zur Geltung. Und es zeigte Wirkung, Uwe hatte sichtlich Probleme, sich zu konzentrieren und sie als Angestellte zu behandeln und sie so auch bei seinen Klienten und Geschäftspartnern vorzustellen.

Es blieb nicht lange unbemerkt, dass sich Chef und Angestellte sehr gut verstanden, mehr als üblich in dieser Konstellation, deshalb ging bald das Getuschel unter den Kollegen los. Neidische Blicke und dementsprechende Aussagen musste sich Barbara gefallen lassen. Da ihre drei Kollegen alle weiblich waren, war dies kein leichtes Unterfangen, aber sie hielt durch, lernte Anfeindungen und stumpfsinnige Aussagen zu ignorieren und setzte ihre Arbeit fort. Sie machte alles sehr gewissenhaft und so war es kein Wunder, dass sie beruflich bald die rechte Hand von Uwe wurde, um die er privat ein halbes Jahr später anhielt. Sie heirateten, wenn auch nicht so romantisch, wie sie es sich immer vorgestellt hatte. Es gab auch keine Flitterwochen, denn da wartete schon wieder ein großer Fall, eine ganze Firmengruppe, die verklagt werden sollte, und das konnte Uwe sich nicht entgehen lassen, schließlich war das ein Baustein für seine Karriere. Die Flitterwochen gab es dann ein Jahr später im Sommer, als sie mit Anton schwanger wurde und ihr Mann wenig Begeisterung zeigte, da er es anders geplant hatte und auch nicht mehr verzichten wollte auf Barbara in seiner Kanzlei. Nicht, dass er kein Kind wollte, aber er wollte bestimmen und nicht bestimmt werden, denn er war es gewohnt, den Ton anzugeben, und Barbara hatte gelernt, sich dem zu fügen und das Beste daraus zu machen. Nur bei ihrer Schwangerschaft ließ sie nicht zu, dass Uwe den Ton angab, sie wollte das Kind. Nun stand sie vor der Herausforderung, ihrem Mann zu sagen, dass sie sich seinem Willen widersetzen und dieses Kind, koste es, was es wolle, zur Welt bringen würde. Es schauderte ihr bei dem Gedanken, wie er reagieren würde. Nicht vor dem, was er sagen würde, sondern vor seinem Blick und der Nichtachtung, mit der er sie strafen würde …

So wie der kleine Anton jetzt, der mit seinem kindlichen Gemüt natürlich nicht einschätzen konnte, dass sein Vater jetzt Ruhe brauchte, um sich um Wichtigeres zu kümmern, um Geschäftliches. Uwe hatte bis heute der Familie nicht den Platz gegeben, den sie brauchte, und das machte sich in den vielen kleinen Alltagssituationen bemerkbar, so wie frühmorgens im Bad, wenn er beide mit einem abfälligen Blick strafte, nur weil sie Spaß hatten und er versehentlich in ihr Schussfeld geraten war und nun seinen Markenanzug tauschen musste. Er war sehr stur und tat sich dann auch immer sehr schwer, einfach mitzulachen oder den anderen ihren Spaß zu gönnen. Er kam sich ausgeschlossen vor und vergrub sich dann hinter seinen Regeln, die er für sich alleine aufgestellt hatte, sodass die anderen in diesem Moment unweigerlich die volle Gefühlshärte abbekamen. Es tat ihm dann zwar oft leid, doch es war ihm nicht möglich, in der Situation einfach umzukehren und sich zu entschuldigen. Es kam oft erst Tage später, sodass man den Zusammenhang mit der Situation meist nur noch erahnen konnte.

So auch damals, als er erfuhr, dass er Vater wurde. Barbara hatte ihn angerufen, um sich den restlichen Nachmittag frei zu nehmen, was schon anstrengend genug war, da er nicht gerade sehr erfreut darüber war, denn es gab jede Menge zu tun und er war es gewohnt, dass sie ihm den Rücken freihielt und sie gemeinsam am Abend die Kanzlei verließen und noch auf ein Glas Bier oder Prosecco gingen, um weitere Kontakte zu knüpfen oder alte wieder aufzuwärmen. Dazu brauchte er sie, da sie wie selbstverständlich fröhlich und immer heiter war und dies ein wahrer Eisbrecher war in ihrem Beruf. Uwe war wie überall auch da ein wenig forsch und hatte so schon manchen potenziellen Kunden vergrault. So machte er es sich zur Angewohnheit, Barbara vorauszuschicken, um erst mal das Feld aufzulockern, damit er sich dann nur noch mit seinen Fachkenntnissen und seiner überzeugenden Durchsetzungskraft in Szene setzen musste. Nach außen hin waren sie ein perfektes Team. Doch Barbara graute nun vor diesem nächsten Teameinsatz, da es um sie selbst ging und sie wusste, dass er alles daransetzen würde, sie davon zu überzeugen, dass es jetzt kein guter Zeitpunkt für ein Kind wäre. Doch sie war fest entschlossen, dem standzuhalten, egal welche Argumente er einsetzen würde, um sie davon abzubringen.

So war es auch. Spät abends gegen einundzwanzig Uhr sah sie die Lichter seines Autos die Einfahrt zu ihrem Haus hochkommen. Es war Ende August und schon etwas dämmrig um diese Zeit. Er fuhr sehr langsam, als ahnte er, was auf ihn zukam. Barbara stand am Wohnzimmerfenster, das bis zum Boden reichte und den Blick auf die breite Auffahrt freigab, die an beiden Seiten mit kleinen Lichtern ausgesteckt war, die Uwe nie haben wollte, da sie ihm zu kitschig waren, wie er sagte. Er hatte aber ein Auge zugedrückt, um Barbara eine Freude zu machen, und so steckte sie viele kleine Solarlampen die Auffahrt entlang und hatte eine Riesenfreude dabei, sich durchgesetzt zu haben. Daran musste sie gerade denken, als sie sah, wie ihr Mann dem Haus immer näher kam. Instinktiv umfasste sie mit beiden Händen ihren Bauch.

Als Uwe die Tür aufschloss und sie ihn den Flur entlangkommen hörte, wurde ihr ganz schlecht. Nur nicht einknicken, nur nicht aufgeregt sein! Endlich stand er hinter ihr, noch etwas aufgedreht von der Arbeit und ein wenig verunsichert, da sie sonst immer gemeinsam nach Hause kamen und sie um ihn herumwirbelte. Jetzt bot sie ihm ein Bild, das er nicht einordnen konnte, denn Barbara stand immer noch am Fenster, den Rücken ihm zugekehrt, und wirkte eigenartig angespannt. Leise, aber doch etwas herausfordernd sagte er:

»Na, mein Liebes, hast du dich gut ausgeruht heute Nachmittag?«

Sie wusste nicht, was sie darauf antworten sollte, daher platzte sie einfach heraus: »Ich bin schwanger, wir bekommen ein Kind.« Sie krallte sich an ihrem Bauch fest, als würde sie ihn sonst hergeben müssen.

Es war einen Moment lang still, dann drehte sie sich langsam um und sah Uwe vor sich, wie sie ihn noch nie gesehen hatte. Er wirkte vollkommen überfordert, es schien fast, als würde er weinen wollen – aus Freude. Doch er hatte sich schnell gefangen und stammelte nur ein paar Worte, die sie nicht so recht verstand, und verließ dann das Zimmer.

Zwei Tage später, es war ein Montag, kam er mit Blumen ins Büro. Er hatte sich kurz davongestohlen mit den Worten, er hätte noch etwas zu erledigen. Als er eine Stunde später wieder auftauchte, erkannte sie erst gar nicht, dass er es war, denn vor seinem Gesicht machte sich ein enorm großer Strauß mit wunderschönen roten Rosen breit.

Barbara wusste nicht, ob sie lachen sollte, denn es sah ein wenig komisch aus, doch in Anbetracht der Umstände und weil sie wusste, dass es eine Art der Entschuldigung an sie war, da er nie direkt um Verzeihung bitten konnte, ließ sie das Lachen lieber sein und fragte überrascht:

»Hui, Liebling, was ist denn los?«

»Na ja«, sagte er leicht verlegen, »ich hab's mir überlegt, eigentlich ist es ja kein Fehler und ich bin bereit, deinen Wunsch zu akzeptieren, die Familienplanung vorzuziehen.«

Seine Worte klangen sehr geschäftlich, doch er konnte nicht anders, er hatte nie gelernt, seine Gefühle auszudrücken. Barbara hatte sich daran gewöhnt und so war diese Aussage nicht ungewöhnlich, geschweige denn, dass sie sie erschreckte.

Uwe freute sich innerlich total, am liebsten hätte er Purzelbäume geschlagen, aber seine Art, mit den Dingen eher cool umzugehen, ließ das nicht zu, er blieb immer, und mochte er jemanden noch so gerne, auf Distanz. Er tat alles für die Menschen, die er liebte, doch mit seinen Gefühlen hielt er sich zurück.

Das bekam Anton auch oft zu spüren. Sosehr er auch versuchte, seinem Vater näher zu kommen, es scheiterte immer dann, wenn es zu intim wurde, zum Beispiel wenn er ins Bad kam, um zu sehen, was sein Vater da alles so machte. Es faszinierte ihn, zu beobachten, wie der elektrische Rasierapparat das Kinn und die Wangen seines Vaters entlangsauste und wie der dazu sein Gesicht verzog. Oder das Krawattenbinden und die strengen Blicke seines Vaters auf seine eigenen Hände, als wollte er sich selbst bei einem Fehler erwischen. Anton fand das alles furchtbar spannend und setzte sich dabei gerne auf die zugeklappte WC-Brille, um es entspannter genießen zu können. Zu gerne hätte er von seinem Vater gehört, wozu dies alles war, aber der hielt ihm nur einen Vortrag, wie wichtig es sei, immer gut auszusehen, und dass man mit einem guten äußeren Auftreten schon viel gewonnen habe. Dass sich ein kleines Kind darunter nichts vorstellen konnte, war klar, doch Anton sollte das in seinem Leben noch häufig hören, und es sollte später noch einen großen Konflikt deswegen geben zwischen ihm und seinem Vater, darüber, was wirklich wichtig war im Leben.

Uwe hatte nie gelernt, was es hieß, jung zu sein und Träume zu haben. Für ihn war von Anfang klar, was zu tun war, seine Eltern und seine Erziehung ließen keinen Platz für solche unwichtigen Dinge wie Freunde treffen und Berufswahl-Themen besprechen, sich Zeit lassen dürfen, um seine Fähigkeiten und Talente zu entdecken. Es war von Anfang an klar, dass Uwe in die Rechtsanwaltskanzlei seines Vaters einsteigen und diese später auch leiten würde, da war kein Platz für Träumereien oder Fantastereien, die ihn im Zeitplan zurückfallen ließen. Uwes Vater hatte alles genau geplant, sogar seine Freizeitgestaltung wurde so eingeteilt, dass es für später nützlich sein könnte. Er wurde relativ früh mitgenommen zu Veranstaltungen und gesellschaftlichen Anlässen, auf denen viel Alkohol getrunken wurde. Uwe war vierzehn, als ihm sein Vater eine Zigarre anzündete und ihn diese auch rauchen ließ, der erste Cognac folgte bald. Es gehöre zum guten Ton, sich in der Gesellschaft gewissen Grundregeln zu unterstellen, und sich bei Zigarre und Cognac auszutauschen und Geschäfte zu machen, erschien viel reizvoller, als sich nüchtern diese Stumpfsinnigkeiten anhören zu müssen, das empfand Uwe sehr bald als sinnvoll.

Da die Mutter die meiste Zeit zu Hause blieb und sich nur ganz selten bei solchen gesellschaftlichen Verpflichtungen blicken ließ, blieb es ihr sehr lange verborgen. Und als Uwe dann älter wurde, konnte sie sowieso nichts mehr sagen. Es lief alles sehr geschäftlich ab in Uwes Elternhaus, jeder wusste, was er zu tun hatte, und niemand mischte sich in die Angelegenheiten des anderen ein. Dazu gehörte auch, dass man nie über Probleme oder sonst irgendwelche zwischenmenschlichen Gefühle gesprochen hätte. Das Familienleben wurde wie eine notwendige Geschichte abgehandelt.

So verhielt Uwe sich auch zu seinem Sohn.

Früh schon hatte er entschieden, was aus dem Jungen einmal werden sollte. Kindergebrabbel und Spiele standen nicht auf seinem Plan, und daher war das Alter, bis Anton in die Schule kam, nicht besonders interessant für Uwe. Er bemühte sich zwar nach außen hin, das Bild eines fürsorglichen Vaters zu geben, aber im Grunde blieb alles an Barbara hängen, und die war heillos überfordert mit Beruf, Haushalt und Muttersein, ganz zu schweigen von der Aufgabe, auch noch den Vorstellungen ihres Mannes gerecht zu werden, wie die Frau an seiner Seite aussehen sollte. Hatte es ihr früher einfach nur Spaß gemacht, sich hübsch herzurichten und sich für Uwe mit immer neuen Ideen äußerlich zu verändern, so wurde es ihr jetzt zur Qual. Sie wollte so gerne mehr Zeit zu Hause verbringen, sich mehr um Anton kümmern und ihm beim Spielen zuschauen, ihn ins Bett bringen und ihm noch eine Geschichte vorlesen, doch für das alles gab es nicht genügend Zeit. Schon nach Antons Geburt war relativ schnell klar gewesen, dass eine Babypause nicht drin war. Das erste halbe Jahr ging es, dann aber wurde Uwe ungeduldig und immer öfter kamen Worte wie: »Kann das nicht meine Mutter machen? Musst du immer zu Hause sein?« Es wäre kein Problem gewesen, jemand Neues einzustellen, solange Barbara zu Hause war, doch Uwe wollte das nicht, er hielt es nicht für notwendig und wollte auch auf seine Frau nicht verzichten, da sie in der Kanzlei ein eingespieltes Team waren. Anton konnte da schon leichter verzichten, das Flascherl und später das Essen konnte ihm auch jemand anderes machen und für alles Weitere würde sich schon auch eine Lösung finden.

Anton lernte sehr früh zu verzichten, sich mit wenig Zeit und Zuwendung seiner Eltern zufrieden zu geben. Barbara brach es am Anfang fast das Herz, aber aus lauter Pflichtbewusstsein und dem schlechten Gewissen ihrem Mann gegenüber gab sie nach und willigte ein. Zuerst übernahm Uwes Mutter in der Zeit, die Barbara in der Firma war, das war meistens nach dem Mittagessen und dauerte dann so bis acht, halb neun, bis Barbara nach Hause eilte. Uwes Mutter war eine gute Oma und liebte ihr Enkelkind sehr, doch war sie zu diesem Zeitpunkt auch nicht mehr die Jüngste und es kostete sie zusehends Substanz, sich um Anton zu kümmern. Anton war ein ruhiges Baby und ein braves Kleinkind, doch für eine Dame von Mitte siebzig konnte das schon mal eine Herausforderung werden, einem kleinen Kerlchen hintennach zu kommen, das versuchte, im Krabbeln und Gehen einen Windelmarathon zu gewinnen. Anton hatte seine Oma recht gerne, sie bemühte sich, es ihm recht zu machen, und hatte auch ein bisschen Angst vor ihrem Sohn, sie wollte ihm gerecht werden, schließlich war er es, der sie gefragt hatte, ob sie sich in der Lage sehe, diese Aufgabe zu übernehmen. Irgendwann ging es dann aber nicht mehr, ihr wurde immer öfter schwindlig, und Barbara hatte Sorge, dass ihr und Anton etwas passieren könnte. Anton war ganz traurig, als ihm seine Oma sagte, dass sie jetzt nicht mehr so oft kommen könne. Er glaubte etwas falsch gemacht zu haben und weinte fürchterlich. Sie war der erste Mensch in Antons Leben, der sich ausschließlich mit ihm beschäftigte. Mama huschte ständig hektisch umher und ließ schon mal den Löffel fallen, sodass Antons geliebter Spinat am Boden landete und nicht in seinem Mund, den er immer voller Erwartung aufriss, wenn er den Löffel kommen sah. Sie hatte so viele Dinge nebenbei zu tun, dass so etwas schon mal passieren konnte. Es tat ihr dann immer furchtbar leid, aber Anton noch mehr, denn er hatte Hunger. Sein Vater war ohnehin für ihn bis zum fünften Lebensjahr ein Fremdkörper, er wusste nur, dass er da war, wenn die Stimmung eigenartig umschlug, es wurde so angespannt alles, vor allem seine Mutter. Das spürte Anton sehr früh und reagierte häufig mit kräftigen Heulkrämpfen, die dann schon mal einige Stunden andauern konnten. Seine Mutter ging dann immer mit ihm in sein Zimmer und schlief auch oft bei ihm. Uwe blieb entnervt im Wohnzimmer zurück oder fuhr einfach nochmals weg und kam dann auch nicht mehr nach Hause.

Als seine Oma dann auf den Plan rückte, war Anton ganz aufgeregt vor Freude, welch netter Mensch da mit ruhiger Stimme zu ihm sprach. Das Essen kam auch immer fachgerecht in seinem Mund an und die Dame auf der anderen Seite bewegte ihre Lippen im Takt dazu, da machte das Essen richtig Spaß und auch alles danach. Es gab immer eine Geschichte vor dem Mittagsschlaf und am Abend. Da war es besonders spannend, es war so eine besondere Stimmung und das Licht auch ganz anders als am Tag, und die Stimme seiner Oma hatte dann auch einen ganz anderen Klang. Dass es daran lag, dass sie selbst schon ganz erledigt war und auch ein bisschen heiser, da sie den ganzen Tag, was sie auch gerade tat, mit Anton redete, wusste er ja nicht. Auf alle Fälle waren die Gute-Nacht-Geschichten besonders spannend, vor allem, da man dann schlafen musste und ein neuer Tag sein würde, wenn man wieder aufwachte, und die Chance bestünde, dass die Mutter vielleicht länger zu Hause bleiben und sich mehr mit ihm beschäftigen und nicht ständig weglaufen würde, wenn sie bei ihm war. Das geschah leider nie, und als seine Oma nun auch noch weniger Zeit für ihn hatte, brach eine Welt für ihn zusammen. Seiner Oma – Hedwig hieß sie – fiel es auch nicht leicht, aber sie musste sich eingestehen, dass es ihr auf Dauer zu viel werden würde, und da ging es auch um die Sicherheit von

Anton, denn sie brauchte ja nur einmal zu stolpern oder es würde ihr auf der Treppe schwindlig werden wie schon des Öfteren und Anton würde die Treppen hinunterkullern – nein, das wollte sie sich gar nicht ausdenken. So schwer es ihr fiel, musste sie leider den Rückzug antreten und wie früher nur zu Besuch kommen und hier und da mal kleine Dienste übernehmen.

Anton verstand das gar nicht – wie denn auch, er stand erst kurz vor dem fünften Lebensjahr und war fest davon überzeugt, es sei seine Schuld. Es dauerte Tage, bis er sich beruhigt hatte und die Situation sich halbwegs normalisierte. Hedwig blieb noch eine Weile, denn Barbara und Uwe hatten eine Stellenanzeige aufgegeben, auf die sich noch niemand gemeldet hatte, und so lange wollte sie bleiben. Anton ahnte von all dem nichts, er genoss die Tage mit seiner Oma und verzieh seiner Mutter, wenn sie die Zeit, die sie bei ihm war, mehr um ihn herumsauste, als sich zu ihm zu gesellen.

Eines Tages kam eine E-Mail. Uwe war sofort begeistert, was wohl auch an dem Foto lag, das mitgeschickt wurde. Darauf war eine hübsche junge Frau Anfang zwanzig zu sehen, die ihre Haare im Nacken zusammengebunden hatte, und man konnte auf dem Foto unschwer erkennen, dass sie sehr schlank und gepflegt war. Sie erfüllte alle ihre Kriterien, nach denen sie gesucht hatten, hatte eine Hauswirtschaftsschule mit anschließender Lehre als Köchin absolviert und war bestens geeignet, die Aufgaben im Haushalt zu übernehmen. Das waren Barbaras Bedingungen gewesen, jemanden einzustellen, sonst würde sie selbst zu Hause bleiben, hatte sie Uwe gedroht. Dass diese Drohung Wirkung zeigte, überraschte sogar sie. *Kindermädchen mit Kenntnissen und Fähigkeiten auch in der Haushaltsführung gesucht*, stand in der Anzeige.

Martha, so hieß die junge Dame, war mit drei jüngeren Brüdern aufgewachsen, für die sie großteils hatte sorgen müssen, da ihre Eltern einen Bauernhof betrieben, und da mitanzupacken war ganz normal. Die Lehre als Köchin hatte sie nur gemacht, um mit einer Berufsausbildung später auch unabhängig sein zu können, falls etwas sein sollte mit dem Hof. Noch war es ihr Wunsch, diesen einmal zu übernehmen, aber dafür brauchte es noch ein paar Jahre und einen Mann. Da sie das älteste der Kinder war und die Eltern noch recht jung, war da noch viel Zeit für Entscheidungen.

Als diese junge Dame auf dem Bildschirm von Uwes Computer auftauchte, war seine Begeisterung nicht zu übersehen. Er klatschte laut seine Hände über dem Kopf zusammen und rief durch die ganze Kanzlei: »Jackpot!« Barbara kam in den Raum, denn sein Büro war gleich neben ihrem

Schreibtisch, der in einer Art Empfangszimmer stand. Sie blickte ihm über die Schulter und er drehte den Bildschirm ein wenig in ihre Richtung.

»Na, was sagst du? Die ist doch perfekt, oder?«

Ja, es erschien ihr auch so, als sie die Daten kurz überflogen hatte, um sich ein erstes Bild zu machen. Dass die Sache schon erledigt war und sie im Grunde nicht mehr viel hätte sagen können, wusste sie, dazu war ihr Mann nun einmal zu dominant. Aber so leicht wollte sie es ihm nicht machen.

»Nun gut, mein Liebling«, sagte sie zu ihm, der noch immer mit einem breiten Grinsen im Gesicht dasaß, »sie erscheint mir auch recht passend, aber ich möchte zuerst sehen, wie sie mit Anton klarkommt und ob er sie überhaupt akzeptiert. Vor allem bräuchte ich dann ein paar Tage frei, um sie einzuarbeiten, schließlich ist es unser Haus und ich möchte in unserem Haushalt keine Veränderung. Ich möchte, dass sie weiß, wo alles hingehört und wie wir die Dinge handhaben. Vor allem möchte ich wissen, ob sie wirklich so flexibel ist, wie sie hier schreibt. Sie erscheint mir noch zu jung, als dass sie abends und auch an manchem Wochenende ihre Zeit lieber mit einem Kind verbringt als mit Freunden.«

Das leuchtete Uwe ein, er war aber fest entschlossen, diese junge Dame einzustellen, vor allem weil er befürchtet hatte, die Kindermädchen könnten alle etwas älter sein und rundlicher. Er hatte so eine Vorstellung, da bei ihnen früher zu Hause eine Dame dieses Bildes tätig war, und die war alles andere als nett gewesen. Eigentlich ein richtiger Drachen, aber seine Mutter hielt große Stücke auf sie, da sie so verlässlich war, wie sie sagte. Vor allem aber war sie sicher, ihr Mann, Uwes Vater, ließe so eine Person in Ruhe, da er dem weiblichen Geschlecht nicht abgeneigt war und bereits für einige außereheliche Geschichten gesorgt hatte damals. Später war er nur dankbar, dass ihm Uwes Mutter verziehen hatte, denn er wurde sehr krank und starb auch bald darauf. Darum kam Uwe auch recht rasch in die führende Position, sonst würde er wohl heute noch den Laufburschen für seinen Vater spielen, denn der war ein Patriarch, wie er im Buche steht.

Diese Dame war nicht wie ihre Haushaltshilfe damals und er war der Ansicht, dass Anton sowieso noch nicht wusste, was gut für ihn war. Freitagabends am Ende dieser Arbeitswoche klingelte es an der Tür ihres Hauses. Barbara war früher nach Hause gefahren, um frisch zu sein und ein wenig aufgeräumt zu haben, wenn um siebzehn Uhr Martha kommen sollte. Pünktlich auf die Minute strahlte sie eine sympathische junge Dame an, die ihr auf Anhieb gefiel. Die zwei verstanden sich schon nach den ersten paar Sätzen richtig gut.

Sie gingen ins Wohnzimmer, das gleich am Ende des Flurs weit aufging und schon fast eine kleine Empfangshalle war, elegant und in schlichtem Weiß gehalten, aber sehr gemütlich. Ein Kamin in der Ecke sorgte für das nötige Wohlbefinden. Martha war ganz schön geplättet, da sie so ein Ambiente nur aus Filmen kannte, und drückte ihre Begeisterung mit einem kurzen, aber kräftigen »Wow!« aus. Barbara musste lachen, da sie diese Ehrlichkeit sehr beeindruckte, denn sie hatte es in ihrem Berufsleben oft mit aufgesetzten Höflichkeiten zu tun und war damit noch nie klargekommen. Martha wirkte sehr fröhlich, sehr neugierig, aber auch sehr erwachsen, wenn es um die Themen ging, die Ernsthaftigkeit verlangten. Rund zwei Stunden später war die Sache klar und Martha eingestellt. Den Vertrag hatte Barbara für sie vorgefertigt, den sollte sie mit nach Hause nehmen und einfach die Tage im Büro vorbeibringen.

Es war Mitte des Monats und am nächsten Ersten sollte das Dienstverhältnis starten. Es war für beide Seiten perfekt und Anton war sichtlich begeistert, als er mit seiner Oma zur Tür hereinkam und Martha da sitzen sah. Sie hatten selten Besuch, da zu Hause wenig Zeit blieb und man Freunde und Bekannte oft übers Geschäft in Lokalen traf. Für Anton war somit Marthas Besuch eine willkommene Abwechslung und er stürzte gleich ins Zimmer, als er die ihm fremde Stimme vernahm. Hedwig hatte es gerade mal geschafft, ihm ein Stieferl auszuziehen, als er sich von ihr losriss und auf dem gesamten Fliesenboden eine Spur von Lehm hinterließ, bis er vor seiner Mutter und Martha stand, die ihn vergnügt anlächelte und ihn, ohne etwas zu sagen, des zweiten Stiefels entledigte. Sie stand auf und trug den Stiefel zu Hedwig ins Vorhaus, die mittlerweile mit ihren eigenen Schuhen kämpfte und schon ganz rot war im Gesicht, da sie ständig die Schuhe vor Mantel und Schal ablegte und dabei ganz schön ins Schwitzen kam. Martha fragte höflich, wo sie wohl ein Küchentuch fände, um die Spuren von Antons Stiefeln zu entfernen.

Hedwig deutete kurz hinter sich und meinte: »Da ist die Küche, gleich unter der Spüle finden Sie saubere Tücher«, und schnaubte weiter. Martha wischte wie selbstverständlich die Spuren weg und witzelte dabei mit Anton herum, der, gleich nachdem sie den Raum verlassen hatte, aufgesprungen und ihr gefolgt war. Er hüpfte neben ihr herum und wollte sie gar nicht mehr aus den Augen lassen. Gemeinsam gingen sie ins Wohnzimmer zurück, wo Barbara den ganzen Vorgang von ihrem Platz aus gut verfolgen konnte. Sie schmunzelte und war sehr zufrieden, das erste Mal nach langer Zeit war sie so richtig entspannt.

Martha blieb noch ein bisschen und Oma Hedwig war sehr angetan von der »adretten Person«, wie sie zu sagen pflegte. Anton war ganz aufgeregt und wirbelte die ganze Zeit um die drei Damen herum. Er war sonst eher ein ruhiges Kind und sein Verhalten recht ungewöhnlich. Er war an diesem Abend schwer ins Bett zu kriegen und das Einschlafen wollte auch nicht so recht gelingen. Erst als seine Mutter ihm zum gefühlten zehnten Mal versicherte, dass Martha wiederkommen würde, gab er sich zufrieden, zog seine Decke ans Kinn und schlief ein.

Barbara ging nach unten, wo sie ihre Schwiegermutter und Martha zuvor verabschiedet hatte. Sie war immer noch ganz beglückt, welch ein Segen da in ihr Haus gekommen war, denn genauso empfand sie es. Die anfänglichen Bedenken, Alter und Kompetenz betreffend, waren wie ausgelöscht.

Uwe kam wie immer sehr spät und Barbara schlief schon, sonst hätte sie ihm die gute Neuigkeit sofort erzählt. Da er sich aber sowieso sicher war – wie immer hielt sich seine Neugierde in Grenzen –, schlief er entspannt und sehr müde neben seiner Frau ein.

Am nächsten Morgen saß Anton schon aufrecht in seinem Bettchen, als Barbara zu ihrem allmorgendlichen Weckritual ansetzen wollte, nachdem sie das Kinderzimmer betreten hatte, wo

Anton um diese Zeit eigentlich noch fest schlief und gar nicht wach werden wollte, so gern schlief er. Doch an diesem Morgen war Anton hellwach, er freute sich ganz besonders auf diesen Tag, da er dachte, Martha komme wieder zu Besuch. Er wollte ganz besonders munter sein, um ja nichts zu versäumen. Allerdings stellte sich heraus, dass der Tag wie viele zuvor zu Ende ging, ohne seine Erwartungen erfüllt zu haben. Das war aber nicht weiter schlimm, da er am Frühstückstisch ein kurzes Gespräch der Eltern aufgeschnappt hatte, das von Martha und irgendwelchen Verträgen und Verpflichtungen handelte. Er wusste zwar nicht ganz, was die Worte im Einzelnen bedeuteten, jedoch war der Tonfall der Unterhaltung in einem Bereich, den er recht gut zuordnen konnte. Die Eltern hatten schon öfter solche Gespräche geführt und dann trat meistens eine Veränderung ein, etwas Neues kam in Antons Leben, so wie vor einem halben Jahr, als sie die Idee hatten, Anton mit einem Hund zu beglücken und gleichzeitig Oma Hedwig mehr zum Spazierengehen an der frischen Luft zu animieren. Er konnte sich erinnern, dass Tage zuvor so eigenartige Gespräche stattgefunden hatten, nicht heimlich, aber mit einem ein wenig bedeckten Verhalten der Eltern, vor allem mit dem Nachsatz: »Da wirst du Augen machen, Anton!« Die machte er dann auch, als vor ihm ein Golden Retriever stand, der ihn so stürmisch begrüßte, dass Anton nach hinten fiel und mit dem Gesicht nach oben erst einmal ordentlich abgeschleckt wurde. Er fand das nicht so witzig und seine Mutter auch nicht so recht, da sie meinte, ob es nicht doch ein wenig zu früh sei, Anton mit so einem großen Tier zu konfrontieren. Denn Charly, so hieß der Hund, war schon etwas älter und vom Vorbesitzer als außergewöhnlich liebenswert und zuverlässig beworben worden, mit Kindern sei er groß geworden und er könne sich gut benehmen, hieß es da. Das war auch so, nur dass Hunde aus Freude manchmal sehr stürmisch waren und Anton noch recht klein und auch relativ zart gebaut war, hatten sie nicht so bedacht. Als der Hund endlich aufhörte, Antons Gesicht mit seiner rauen warmen Zunge zu waschen, schauderte es den Jungen. Er wusste ja nicht, dass es nur ein Versuch war, Freundschaft zu knüpfen. Er versteckte sich hinter seiner Mutter, die ihn auch gleich beschützend hochnahm, um mit ihm ins Bad zu gehen und ihm erst mal das Hundegesabber abzuwaschen. Uwe sah das alles nicht so tragisch und meinte nur im Vorbeigehen an der Badezimmertür: »Anton, du musst lernen, dich durchzusetzen. Das kannst du an dem Hund gut üben!«

Uwe zog sich in seinem Ankleidezimmer fertig an und Barbara hatte ihren Sohn so weit, dass er sich wieder ins Erdgeschoss traute, als sie plötzlich einen lauten Schrei hörten und darauf ein aufgeregtes Bellen. Fast wie aus der Pistole geschossen riefen sie: »Hedwig!« und Anton schrie »Oma!«, als sie die Treppe hinunter in das Erdgeschoss liefen. Barbara mit Anton auf den Armen und Uwe halb angezogen mit offenem Hemd sahen, wie Hedwig sich auf Zehenspitzen in eine Ecke zwischen Küchentür und Flur presste, die Hände erhoben wie bei einem Überfall. Mit sich überschlagender Stimme schrie sie: »Wer, zum Teufel, ist *das*?«

»Das ist Charly«, meinte Uwe lässig, »wir dachten, es würde Anton und dir gut tun … Na ja, du weißt ja, Mutter, mit dem Spazierengehen hast du es ja nicht so und wir dachten, dann macht es dir Spaß und Anton kommt auch mehr raus an die frische Luft.«

Die letzten Worte presste Uwe geradezu heraus, da er von seiner Mutter auf das Gröbste beschimpft wurde. Das kannte er von ihr überhaupt nicht! Aber nun, an die Mauer gepresst, Charly vor sich, der im Sekundentakt laut bellte, blieb ihr nichts anderes übrig, als ihn mit ihrer Stimme zu übertönen, und das klang ziemlich eigenartig, da man es nicht gewohnt war, dass Hedwig die Fassung verlor und ihre Stimme schrill wurde.

Als Uwe Charly dann endlich am Halsband packte und ins Esszimmer brachte, um die Tür hinter ihm zu schließen, waren alle erleichtert und Anton befreite sich aus den Armen seiner Mutter, die ihn im Laufe dieses Szenarios immer fester gehalten und die Augen immer weiter aufgerissen hatte. Er lief zu seiner Oma, drückte sie ganz fest und sagte:

»Oma, ich mag den Hund auch nicht, sag Papa bitte, er soll ihn wieder weggeben.«

Das war eine verzwickte Situation und Uwe musste wohl das erste Mal in seinem Leben zugeben, dass er hätte vorher fragen sollen, nämlich die Personen, die er mit dem Tier beglücken wollte. Es wäre allen viel erspart geblieben und auch Charly, da er es war, für den jetzt wieder ein neues Heim gefunden werden musste. Es war nicht einfach, da sich herausstellte, dass Charly keinerlei Manieren hatte, da sie ihm niemand beigebracht hatte. Er war zwar in einer Familie aufgewachsen und da waren auch Kinder gewesen, aber mit geordneten Verhältnissen und einer artgerechten Umgangsweise mit einem Hund war es dort nicht weit her gewesen. Uwe hatte mit dem Mann nur einmal telefoniert und geglaubt, das reiche aus, um ein Tier in die Familie zu holen. Und eigentlich *wollte* er sich dafür auch gar keine Zeit nehmen – viel zu kompliziert, da ständig hinzufahren und zu schauen, wie die Harmonie zwischen Hund und zukünftiger Familie sich entwickeln könnte. Er war fest davon überzeugt, dass das schon so in Ordnung gehen würde. Und als Barbara ihn gefragt hatte, ob er die Besitzer des Hundes besucht habe, um zu sehen, wo der Hund herkomme, hatte er nur abgewunken und gesagt: »Ja, ja, alles erledigt.« Er wollte diesen langen Zirkus des Aussuchens nicht und deshalb hatte auch er diese Aufgabe übernommen, denn Barbara wollte sich im Tierheim umsehen und dort einem armen Tier eine neue Chance geben, und das kam für ihn überhaupt nicht in Frage. »Sind ja alle verhaltensgestört dort«, sagte er, »lass mich das machen, wer weiß, was du uns da anschleppst.«

Nun aber musste er Farbe bekennen und konnte es auf niemanden abwälzen. Charly bekam ein gutes Zuhause, er wurde wenige Tage später von zwei Menschen abgeholt, die auf einem Bauernhof mit Problemhunden arbeiteten und sie dann für Therapien an Menschen einsetzten, die Probleme mit Nähe und Tieren hatten. Charly war genau der richtige Hund dafür, absolut liebenswert und gutmütig, nur eben zu stürmisch, da man ihn nicht erzogen hatte und man daher schnell überfordert war, wenn man keine Erfahrung mit Hunden hatte. Uwe war es eine Lehre gewesen, und Barbara wusste, dass ihr so schnell kein Tier mehr ins Haus käme. Anton und seine Oma waren nur erleichtert, denn beide hatten Angst vor Hunden, sie da sie in jungen Jahren einmal von einem Hund gebissen worden waren.

Da nun die Eltern wieder so eigenartig herumredeten und so geheimnisvoll taten, ahnte Anton, dass sich bald etwas verändern würde. Und da er gut kombinieren konnte und ein ausgeprägtes Feingefühl hatte, spürte er, dass das irgendwie mit Martha zusammenhing. Es vergingen die Tage und er vergaß ein wenig, was ihn da so aufgeregt hatte. Martha war bereits als liebevolle Erinnerung in ihm abgespeichert, und so staunte er nicht schlecht, als eines Vormittags, es war ein kühler Frühlingstag, Martha plötzlich in ihrer Küche stand, einen Kaffeebecher in der Hand, und konzentriert seiner Mutter zusah, die mit den Händen herumfuchtelte und fast ohne Unterbrechung Erklärungen abgab. Beide waren so vertieft in ihr Gespräch, dass Anton Mühe hatte, sich bemerkbar zu machen. Er stapfte auf seine Mutter zu und als er sie erreichte, meinte Martha ganz entzückt:

»Na, da bist du ja, mein kleiner Freund, was hältst du davon, wenn ich ab heute jeden Tag zu euch komme, mit dir spiele, dir was Gutes koche und dir Geschichten vorlese, so wie deine Mama und deine Oma es immer getan haben?«

Anton fand, das war eine gute Idee, er mochte Martha sehr gerne, da sie so ein fröhliches Gesicht hatte und nicht so ernst und angespannt wirkte wie seine Eltern, vor allem aber immer, wenn sie etwas sagte, ihm so liebevoll zuzwinkerte, als wäre es ein Geheimnis und etwas ganz Besonderes. Anton freute sich und tat dies auch kund, indem er durch alle Räume des untersten Stockwerks ihres Hauses hüpfte und vor sich hin sang, dass Martha nun seine Freundin sei. Das war ein gutes Gefühl und er war ganz glücklich.

Die nächsten Wochen war sehr viel los zu Hause. Antons Mutter schulte Martha ein, sie erstellte einen Haushaltswochenplan und eine Speiseliste und erklärte ihr viel zu den Gewohnheiten im Umgang mit Anton, zeigte ihr, wie sie die Wäsche zusammengelegt haben wollte, wo Martha die Lebensmittel einzukaufen hatte und worauf sie sonst noch alles achtgeben musste. Es waren viele hundert Kleinigkeiten und es dauerte einige Zeit, bis Barbara das Gefühl hatte, dass sie alles gesagt und Martha es auch verstanden hatte. Oma Hedwig kam noch des Öfteren vorbei, um in der Zeit, wo ihre Schwiegertochter mit Marthas Einarbeitung beschäftigt war und nachmittags ja wieder ins Büro ging, auf Anton aufzupassen und somit noch für ein bisschen Erleichterung im Umstellungsprozess zu sorgen. Es war für alle eine anstrengende Zeit, nur für Anton war es außerordentlich erfrischend, so viel Action um sich zu haben.

Die Wochen vergingen. Anton kam in den Kindergarten, Barbara arbeitete wieder den ganzen Tag in der Kanzlei, Martha schupfte all ihre

Aufgaben, als hätte sie nie etwas anderes gemacht, und Hedwig wurde wieder zu der Oma, die ab und zu auf Besuch kam und dann als Oma ihre vollen Qualitäten ausleben konnte: knuddeln mit Anton, ihn verwöhnen und den anderen die Arbeit überlassen können, das war für alle die beste Lösung, und es fühlte sich auch jeder mit dieser Situation sehr wohl. Und Uwe war es recht, so hatte er mehr Ruhe bei seiner Arbeit, die er auch des Öfteren nach Hause mitnahm, um noch mal etwas zu überarbeiten oder sich am Wochenende in einen neuen Fall einzulesen. Barbara war wesentlich entspannter, da sie Anton in guten Händen wusste, und sie hatte auch kein schlechtes Gewissen mehr, das sie bei ihrer Schwiegermutter gehabt hatte, trotz ihrer ständigen Beteuerung, es von Herzen gerne zu tun, obwohl es sichtlich zu viel für sie gewesen war. Martha war angestellt und bekam gutes Geld dafür, einen festen Lohn, da hatte Barbara nicht ständig das Gefühl, nichts sagen zu dürfen, da es ja keine Gefälligkeit war, sondern ihre Arbeit, die sie nun bei ihnen hatte.

Anton war erst einige Tage im Kindergarten, als ihm auffiel, dass die anderen Kinder fast alle von ihren Müttern oder Vätern hingebracht und auch wieder abgeholt wurden. Er genierte sich ein bisschen, da ihn seine Mutter wohl jeden Tag hinfuhr, ihn aber mittags immer Martha abholte, die nach der Hausarbeit und dem Mittagessen-Kochen überpünktlich immer schon eine viertel Stunde früher am Eingang auf Anton wartete, um ihn, wenn er rauskam, mit einem freundlichen »Hallo kleiner Mann, na, wie geht's?« zu begrüßen. Zwar gefiel ihm, wie locker sie mit ihm redete, aber er fing an, seine Mutter zu vermissen, die er meistens erst am nächsten Morgen bei ihrem alltäglichen Weckritual wiedersehen würde. Am Abend, wenn sie nach Hause kam, schlief er meistens schon und bekam auch nicht mit, wenn sich Martha und seine Mutter über den Tag austauschten und besprachen, was am nächsten Tag anstand, mit Anton wegen einer Impfung zum Kinderarzt fahren, Bastelsachen besorgen für den Kindergarten oder Besuche bei diversen Kindergeburtstagen, obwohl er oft viel lieber zu Hause geblieben wäre.

Anton spielte gerne mit Bauklötzen und Lego, und die kleinen Werke, die er daraus baute, standen dann ewig lang irgendwo am Boden herum. Wehe, es stieß versehentlich jemand daran oder ein Baustein war nicht mehr da, wo er ihn hingestellt hatte: aus war es da mit dem sonst so ruhigen Verhalten des Jungen, da konnte er ganz schön wütend werden und schimpfte sogar mit Uwe, seinem Vater, ob er nicht besser aufpassen konnte – in Kindersprache, versteht sich, mit Schimpfen im herkömmlichen Sinne, so wie Erwachsene mit Kindern schimpfen, war es nicht zu vergleichen, es war eher ein Wimmern und Stampfen mit seinen kleinen Beinchen. Da seine Exponate wirklich überall herumstanden und es bei aller Vorsicht schwer war, nicht dort einmal anzustoßen, kam es einmal vor, dass Uwe am Abend, es war schon spät und er hatte auch etwas getrunken, beim Hereinkommen mit dem Fuß an Antons neuestes Gebilde stieß, das er einige Stunden zuvor demonstrativ im Flur aufgebaut hatte, um seinen Eltern zu zeigen, was ihm eingefallen war. Da die Eltern nicht da waren, hatte er sein Bauwerk fast mitten in den Eingang gestellt. Martha ließ ihm das auch durchgehen, denn sie verstand, dass es fast wie ein kleiner Aufstand gegenüber seinen Eltern war, die ja kaum Zeit für ihn hatten. Sie wollte aber nichts sagen, da sie erst kurz bei ihnen war und ihr gutes Benehmen es noch nicht zuließ, sich da einzumischen. Zu Hause auf dem Bauernhof ihrer Eltern redete sie öfter über dieses Thema und dass sie froh sei, dass ihre Eltern zwar auch immer viel gearbeitet hatten, die Kinder aber nie zu kurz gekommen waren. Vor allem die Wochenenden gehörten nur den Kindern, die Eltern hatten keine anderen Verpflichtungen oder Verabredungen, die ihnen da wichtiger waren, und so war immer genug Zeit, um miteinander zu reden, zu lachen und auch einmal zusammen zu weinen, wenn es sein musste. Als Marthas Oma starb, blieben alle zu Hause, die Kinder wurden in der Schule freigeschrieben und sie verbrachten den Tag in gemeinsamer Trauer, und am nächsten Tag ging es ihnen auch viel besser, denn sie hatten sich gegenseitig gestärkt und getröstet. Dies alles vermisste Martha in dieser Familie. Sie beobachtete, dass alles andere wichtiger war und die Familie zwischengeschoben wurde wie ein Termin, den man wo reinzwickt. Anton wirkte zwar nicht unglücklich und er bekam auch immer viele Geschenke, doch sein Verhalten ab und zu war zurückzuführen auf den Mangel an Zeit seiner Eltern, die zwar versuchten, es auf ihre Art auszugleichen, aber in den wesentlichen Momenten nicht da waren. Nun ja, und so ein Ergebnis von Antons Verhalten krachte nun mit einem lauten Geklapper zu Boden, als Uwe mit einem Bein anstreifte und vor Schreck fluchend zur Seite sprang. Barbara versuchte Schadensbegrenzung zu betreiben, indem sie leise »Pst!« zu ihm sagte und die Bauklötze wieder in Form zu bringen versuchte, was ihr nicht ganz gelang, denn sie krachten abermals auf den Fliesenboden. Anton, der inzwischen wach geworden war und noch ganz benommen vom Schlaf die Treppe heruntertaumelte, dachte, die Eltern wollten es ihm heimlich wegnehmen, während er schlief, und begann so herzzerreißend zu weinen, dass sogar Uwe ganz eng ums Herz wurde.

47

Er versuchte seinen Sohn zu beruhigen, gestand, dass er unvorsichtig gewesen war, auch das Licht nicht aufgedreht hatte, und sagte, dass deshalb seine Mutter wieder aufzubauen versuchte, was er zuvor dummerweise umgestoßen hätte. Anton glaubte seinem Vater kein Wort und der Geruch aus seinem Mund tat sein Übriges, er hatte oft schon diese Mischung aus Alkohol und Zigarettenrauch an ihm wahrgenommen. Er wusste zwar nicht, was das war, aber es gefiel ihm nicht und noch weniger gefiel ihm, dass er jetzt mit *ihm* redete statt wie sonst mit seiner Mutter, wenn sich die beiden stritten und dieser Geruch bei Papa wahrzunehmen war. Seine Eltern glaubten beide, Anton höre sie dann nicht, da er schlafe oder in seinem Zimmer spiele, doch er hörte sie jedes Mal und er verstand immer mehr, und es war oft dann, wenn Papa diesen Geruch an sich hatte. Es brachen nun alle Dämme und Anton schluchzte und stammelte und versuchte gleichzeitig sein Bauwerk wieder in Ordnung zu bringen. Es kostete einige Mühe und viele Nerven, ihn davon zu überzeugen, dass es besser war, ins Bett zu gehen und morgen den Schaden gemeinsam zu beheben. Obwohl, *gemeinsam* war ein Wort, das nur dann zum Einsatz kam, wenn überhaupt nichts mehr half und die Eltern zu einer Lüge greifen mussten, da sie ja wussten, dass sie keine Zeit haben würden, sich mit Anton auf den Boden zu setzen und mit den Bauklötzen zu spielen.

Am Tag darauf, als Anton vom Kindergarten mit Martha zusammen nach Hause spazierte, freute er sich auf die Einlösung des Versprechens, dass seine Eltern mit ihm den Nachmittag verbringen wollten, um das Desaster vom Vorabend wieder gutzumachen. Leider war niemand zu Hause und es kam auch keiner von beiden an diesem Nachmittag heim. Einzig und allein seine Mutter rief an und bemühte sich, recht heiter zu wirken. Martha hielt Anton das Telefon hin und er schnappte es mit beiden Händchen und hielt es angestrengt an sein Ohr.

»Hallo, mein kleiner Liebling«, klang es von der anderen Seite, »na, was sagst du? Dein Papa und ich haben, während du im Kindergarten warst, dein Bauwerk wieder aufgebaut. Wir haben sehr lange gebraucht und sind sehr stolz auf dich, dass du das ganz alleine so toll hingekriegt hast, du bist ja ein wahrer Künstler. Papa und ich haben es zu zweit fast nicht geschafft. Bis bald, mein Liebling, wir sind unendlich stolz auf dich und lieben dich sehr.«

»Bis bald, Mama, danke, ich hab euch auch lieb«, sagte Anton und dann wurde es still.

Barbara hatte aufgelegt und Anton gab den Hörer an Martha weiter, die wieder auflegte. Dabei drehte es ihr den Magen um, denn aufgebaut hatte *sie* es, auf den nervösen Anruf von Barbara heute Morgen, als sie vom Kindergarten in Richtung Kanzlei fuhr und ihr mitteilte, dass nichts so wichtig sei, als dass dieses Gebilde wieder stehen sollte, wenn sie Anton vom Kindergarten abholte. Und dass sie so tun sollte, als wüsste sie von gar nichts. Sie solle sagen, dass sie und Uwe das für ihn getan hätten.

An Uwe lief das alles nur am Rande vorbei. Martha fand das so armselig, aber was wollte sie sagen? Sie war ja nur Angestellte und somit hatte sie sich aus den Familienthemen herauszuhalten, obwohl sie immer mit hineingezogen wurde, so wie bei dieser Aktion. Sie tat es für Anton, sie wollte dem Jungen ein Stück weit Vertraute und Freundin sein, soweit es eben ging. Er tat ihr sehr leid und am liebsten hätte sie seinen Eltern gehörig die Meinung gesagt. Aber sie hatte auch Angst, dadurch ihre Arbeit zu verlieren oder zumindest in ihr Verhältnis zu ihren Arbeitgebern eine schlechte Stimmung zu bringen, und das würde Anton schon gar nicht helfen. So versuchte sie Anton, wo es ging, kleine Freuden zu machen, viel Zeit mit ihm beim Spielen zu verbringen, am Nachmittag Spaziergänge zu unternehmen und später auch einmal kleine Ausflüge zu machen, wenn es die Eltern erlauben würden. Da wollte sie aber noch warten, da sie selbst noch nicht wusste, wie sie da mit Anton klarkommen würde.

Sie teilte sich die Hausarbeit so ein, dass sie alles am Vormittag geregelt bekam, um ihm am Nachmittag, nachdem sie gemeinsam gegessen hatten und Anton sein Mittagsschläfchen gehalten hatte, die volle Aufmerksamkeit zu schenken.

Nach dem ersten Sommer und mit dem Beginn des zweiten Jahres im Kindergarten begannen Martha und Anton am Nachmittag kleinere Ausflüge zu unternehmen. Martha hatte sich mit der Zeit ein wenig Geld zusammengespart und ihre Eltern legten noch ein bisschen was dazu und so ging sich ein kleiner Gebrauchtwagen aus, den sie sich kaufen konnte. Martha war eine gute Fahrerin und fuhr nie zu schnell, deshalb erlaubten Antons Eltern auch, dass sie ihn mitnahm. Sie fuhren an einen nahe gelegenen See, fütterten dort die Enten, kauften sich ein Stück Kuchen und einen heißen Kakao und fuhren quietschvergnügt wieder nach Hause. Es war eine schöne Zeit und Anton kam viel herum und viele beneideten ihn darum, dass seine Eltern ihm ein eigenes Kindermädchen beschafft hatten, das sich nur um ihn kümmerte und so liebevoll für ihn sorgte. Es hatte sich gewaltig gedreht, vor einem Jahr noch hatte er sich geschämt, dass nicht seine Mama ihn aus dem Kindergarten abholte, jetzt war er stolz darauf und die Jungs um ihn herum wollten sie alle sehen, weil sie so hübsch war, und die Mädchen wollten auch alle so schöne glänzende Haare haben und so eine getönte Haut.

Als Martha davon erfuhr, musste sie lachen und meinte: »Na ja, in ein paar Jahren, Anton, kannst du mich ja als deine Freundin vorstellen, wenn ich dir dann nicht schon zu alt bin.«

Er lachte, wusste aber nicht genau, warum, es fühlte sich nur so komisch an, was sie da sagte.

»Deinen Mädels kannst du sagen, dass sie viel Zeit an der frischen Luft verbringen müssen, um auch so eine frische Hautfarbe zu bekommen.«

Dass sie ab und zu ins Solarium ging, verschwieg sie aber besser, sie wollte ja keinen Aufstand bei den Müttern auslösen, und für die glänzenden Haare, da musste man ganz viel kämmen. Dass dies nicht alles war, hatte Anton so im Verdacht, da in ihrem Auto oft irgendwelche Flascherl herumkullerten, und auf seine Frage, was das wohl sei, meinte sie: »Ach Anton, wir Frauen brauchen das alles, damit wir hübsch sind.«

Er konnte noch nicht ganz etwas anfangen damit, aber schön langsam dämmerte ihm, dass es da einen Unterschied gab. Diesen Unterschied bekam er deutlich zu spüren, als er in die erste Klasse der Volksschule kam, denn die Mädchen und die Jungs hatten eigene Abteile, wo sie sich umzogen, wenn sie Turnunterricht hatten, und in den Klassen darüber gab es sowieso eine klare Trennung zwischen den beiden Geschlechtern.

Die Mädchen waren ständig am tuscheln und kichern, was ihm ganz schön auf den Nerv ging, und die Jungs mussten sich ständig beweisen, wer der Coolste war, da ging es schon mal darum, wer am lautesten den Gang runterschreien konnte, was der andere nicht für ein Kasperl sei. Dass man sich damit selbst ganz schön zum Kasperl machte, merkte Anton erst nach und nach. Vor allem war es mit der Zeit auch anstrengend, ständig von den Lehrern ermahnt zu werden und, wenn's ganz schlimm wurde, vor dem Direktor aufsalutieren zu müssen. Es war gar nicht die Angst vor ihm oder dass er besonders streng war und Strafen aussprach, sondern vielmehr, dass es ewig lange dauerte, bis er einmal was sagte, und vor allem, *wie* er es dann sagte. Dieser Mann hatte die Angewohnheit, in einer Wurst durchzureden und einen Vortrag zu halten, und das in einer durchgehenden Stimmlage. Das war sehr ermüdend und Anton musste jedes Mal aufpassen, dass er nicht zu gähnen begann, wenn der Vortrag wieder länger dauerte. Nicht, dass er den Direktor nicht ernst genommen hätte, aber dieser Mann hatte eine einschläfernde Wirkung auf ihn und er war immer komplett gerädert, wenn er endlich entlassen wurde. Die anderen warteten natürlich jedes Mal vor der Tür und wenn dann ein Mitschüler aus dem Büro des Direktors wieder herauskam, wurde schon gewitzelt, ob man ihn aufwecken oder ihn noch eine Runde schlafen lassen solle, und das Spiel begann von Neuem.

Also aus Einsicht auf die Vorträge des Herrn Direktors, dass dies kein gutes Benehmen sei, hatte Anton nicht mit dem Hin-und-her-Schreien aufgehört, sondern da war ein Mädchen, das eine Klasse über ihm war, und die sagte einmal im Vorbeigehen so, dass Anton es gut verstehen konnte: »Da sind wieder die Babys, haltet euch die Ohren zu«, und ihre Freundinnen, alle älter als Anton, taten dies demonstrativ. Darauf schämte er sich richtig und beschloss, sich erwachsener zu benehmen. Er war ein guter Schüler und lernte sehr leicht, es fiel ihm nicht schwer, Aufgaben zu lösen, und er hatte immer gute Noten.

Seinem Vater Uwe gefiel das sehr und er fühlte sich bestätigt, dass sein Vorhaben, Anton in die Richtung zu dirigieren, einmal seine Kanzlei zu übernehmen, das Richtige sei. Anton wusste von all den Plänen seines Vaters noch nichts. Doch wenn der solche Andeutungen machte wie: »Na ja, da wirst du ja einmal studieren, wenn du so gut bist in der Schule, wäre doch schade, dein Talent mit etwas anderem zu vergeuden«, dann wurde Anton irgendwie ganz komisch zumute. Nachzufragen traute er sich dann nicht und vor allem wusste er ja auch gar nicht, was.

Anton schob dieses komische Gefühl immer weg, das ihm ein solches Unbehagen bereitete, und vertrieb sich seine Zeit mit Dingen, die er mochte. Er baute nach wie vor gerne mit Bauklötzen kleine Wunderwerke, jedoch hatte er begonnen Zeichnungen dazu anzufertigen, um einen Plan zu haben und auch die Möglichkeit, alles in Erinnerung zu behalten, was er einmal aufgebaut hatte und nach einiger Zeit wieder abbaute, da ihm neue Ideen kamen, neue Bilder in seinem Kopf entstanden und er die umsetzen wollte. In seiner Freizeit, nach der Schule und wenn er seine Aufgaben erledigt hatte, was bei ihm ziemlich schnell ging, versuchte er immer neuere Ideen auf ein Blatt Papier zu bringen, um sie nach und nach zu vervollständigen in Form und Farbe. Es vergingen oft Stunden, und erst wenn Martha an seine Kinderzimmertür klopfte, um ihn daran zu erinnern, dass bald Schlafenszeit war und er sich noch waschen und etwas essen sollte, ließ er kurz von seinen Projekten ab. Oft krachte sein kleiner Magen schon sehr laut, da er vergessen hatte, die Nachmittagsjause zu essen, die noch immer auf seinem Schreibtisch stand. Also stapfte er die Treppen hinunter und ging zu Martha, die in der Küche schon mit einem leckeren Abendessen auf ihn wartete. Es gab am Abend oft etwas Süßes, da Anton Kakao liebte und alles, was danach schmeckte, also gab es Palatschinken mit Schokoladenfüllung oder einen Schokoladenpudding oder eben den geliebten Kakao und ein gutes Butterbrot mit Marmelade oder Honig. Anton war ein Schleckermäulchen und alles, was süß war, musste nicht lange darauf warten, dass es gegessen wurde. Martha wusste das, und es gefiel ihr, wie der kleine Anton zu grinsen begann, wenn er schon den Geruch von dem wahrnahm, was sie ihm gezaubert hatte. Sie konnte sehr gut kochen, fast besser als Antons Mutter, vor allem tat sie es sehr gerne und ließ sich dabei immer viel Zeit, das sah man schon an ihren lustigen Dekorationen, die sie immer als kleinen Bonus zum guten Essen draufsetzte. Mal gab es ein Schokoladenherz, das sie ausgestochen und an den Tellerrand gesetzt hatte, oder eine Blume aus Staubzucker, die sie durch eine vorgefertigte Schablone auf den Teller siebte – liebenswerte Kleinigkeiten, für die Antons Mutter nie Zeit hatte und nach denen ihr auch gar nicht der Sinn stand. Martha saß dann bei Anton, sah ihm beim Essen zu und fragte ihn öfter, was er da wohl so gemacht habe die ganze Zeit in seinem Zimmer. Sie wusste zwar, dass er zeichnete, da sie des Öfteren nachschauen kam, jedoch nicht neugierig sein wollte und ihm nicht über die Schulter schaute. Sie wusste, wie wichtig es war, dass man seine Privatsphäre hatte, und das wollte sie Anton damit ausdrücken. Er erzählte ihr dann voller Freude, was ihm so alles eingefallen war. Erst waren es immer Beschreibungen von Häusern und Schlössern, dann wurde er aber feiner mit seinen Zeichnungen und es wurden Tische und Stühle, manchmal wunderschöne Spiegelschränke. Er hatte oft Prospekte von Möbelhäusern im Wohnzimmer gefunden und durchgeblättert, und dabei war ihm die Idee gekommen, solche Möbel zu zeichnen. Nur, bei ihm waren sie viel ausgefallener, viel bunter und viel mit Glassteinchen verziert. Martha schaute ganz schön, als er sie einmal vor dem Zubettgehen fragte, ob sie sich wohl seine Zeichnungen anschauen wollte. Er war mit dem Herzeigen sehr vorsichtig geworden, da seine Eltern dann zwar hingeschaut hatten, aber ihr Desinteresse oder besser gesagt das Abtun als übliche Kinderzeichnungen hatte ihn sehr gekränkt, sodass er es von da an nur noch für sich selbst machte. Aber von Martha fühlte er sich verstanden und er freute sich sehr, wenn sie seine Freude mit ihm teilte und ihm Mut zusprach, damit nicht aufzuhören, da er wirklich Talent habe – und das meinte sie wirklich ehrlich.

Martha hatte auch schon des Öfteren angesetzt, Antons Eltern davon zu überzeugen, den Jungen dahingehend zu fördern, da er sehr kreativ sei und es bestimmt für später von großem Nutzen für ihn sei, wenn er jetzt schon Kurse besuchen dürfte, kindgerechte natürlich, wo man sein Talent zu fördern wisse. Uwe hielt von dem allen nicht viel, da für ihn feststand, dass sein

Sohn sowieso einmal Rechtsanwalt würde. Somit war die Sache für ihn erledigt und Kinderkram, der ihm sowieso bald vergehen würde. Allerdings war Anton der festen Ansicht, und das bereits im Volksschulalter, dass er dies irgendwie einmal zu seinem Beruf machen würde. Aber es war wie bei vielem, die Eltern hatten nicht die Zeit und die Geduld, darauf näher einzugehen und Anton dahingehend ernst zu nehmen. Selbst Barbara verhielt sich da ungewohnt kühl, sie vertröstete ihn immer auf sein Alter und meinte, er solle damit warten, bis er im Gymnasium sei, so als wollte sie ausweichen, weil sie spürte, dass Anton einen anderen Weg einschlagen würde, als Uwe ihn für seinen Sohn vorgesehen hatte, und weil sie wusste, wie schwer es war, ihm da zu widersprechen. Sie hoffte insgeheim, dass Anton dem Willen seines Vaters nachgeben und es somit keine Probleme geben würde und keine Streitereien. Es wäre ja auch eine sichere Zukunft für ihren Sohn, er hätte ausgesorgt, bevor er noch richtig etwas dafür tun müsste, und das empfand sie zu diesem damaligen Zeitpunkt noch als Grund genug, nicht näher auf ihren Sohn eingehen zu müssen.

Martha war sich sicher, dass Anton wahnsinnig kreativ und künstlerisch sehr begabt war, und deshalb wollte sie es bei Antons Oma Hedwig versuchen. Irgendjemand in dieser Familie würde ja wohl erkennen, dass seine Zeichnungen nicht einfach nur Kindergekritzel waren, sondern wahre Meisterwerke, auf die ein Erwachsener, der damit sein Geld verdiente, neidisch werden würde, wenn er sie sähe. Sie plante ein Wochenende, wo sie mit Anton alleine wäre, da die Eltern zu einem gesellschaftlichen Anlass eingeladen waren und aufgrund der großen Entfernung gleich dort übernachten wollten. Das war schon öfters der Fall gewesen, da es immer wieder mal vorkam, dass Klienten oder Geschäftskollegen zu einem Fest luden und Martha dann bei Anton zu Hause blieb. Das war auch immer sehr lustig, da es an diesen Wochenenden eine Runde Popcorn und viele lustige Filme gab, die Anton sich ausnahmsweise bis über die übliche Zubettgehzeit hinaus anschauen durfte. Als kleinen Sonderbonus sozusagen und von den Eltern abgesegnet, um auch ein bisschen ihr schlechtes Gewissen zu beruhigen, ihren Sohn so oft alleine lassen zu müssen. Martha hatte vor, für den Besuch bei Oma Hedwig das nächste Wochenende zu nutzen, an dem mit Anton alleine sein würde.

Es vergingen die Tage und das Wochenende rückte näher. Am Freitag zuvor musste Martha Anton noch um vierzehn Uhr zum Fußballtraining fahren und um halb sechs wieder an der Sporthalle seiner Schule abholen. Für Anton war es jedes Mal ein erlösender Moment, wenn er aus der Tür kam mit vielen anderen Kindern, die vor

und hinter ihm liefen, und er endlich das Auto
erreichte, in dem Martha saß, und fluchtartig die
Tür hinter sich zu warf, als er endlich neben ihr
saß und schnaufte, als wäre er verfolgt worden.
Er mochte das alles nicht, das Fußballspielen,
die vielen lauten Kinder um ihn herum und den
Trainer, der zwar nett zu ihm war, aber auch sehr
pflichtbewusst, seinen Jungs im Training so viel
wie möglich beizubringen, und das nervte Anton,
da er nicht verstand, was das alles bringen sollte
mit diesen Regeln. Vor allem wenn der Trainer in
sein Pfeiferl pfiff, und das tat er oft, wäre Anton
am liebsten davongelaufen, so blöd kam er sich
vor dabei. Wie die Hunde von ihren Nachbarn zu
Hause mussten sie dann immer zusammenlaufen,
um sich neue Instruktionen und Verbesserungs-
vorschläge von ihrem Trainer anzuhören. Anton
war in der ersten Klasse Volksschule gleich von
seinem Vater angemeldet worden, und so ging er
jeden Freitag und manches Mal auch Mittwoch
zu diesem blöden Fußballtraining. Er fühlte sich
sehr unwohl dort und kam auch mit den anderen Jungs nicht so gut klar. Das Training lief au-
ßerhalb der Schule und so kamen Jungs aus der
gesamten Umgebung zum Trainieren. Von seiner Klasse waren es nur zwei, und die konnte er
auch nicht gut leiden, da sie ständig versuchten,
das Mädchen, das vor ihnen im Unterricht saß,
zu piesacken, da sie rote Haare hatte und viele

Sommersprossen, und sie es sich zu ihrer Aufgabe gemacht hatten, sie zu ärgern. *Pippi Langstrumpf* sagten sie immer und lachten dabei so laut, dass alle auf das Mädchen schauten. Sie war sehr schüchtern und deshalb war ihr das furchtbar unangenehm und sie weinte in den Pausen häufig auf der Schultoilette. Anton tat sie leid und er ärgerte sich über diese blöden Sprüche. Wenn es wieder mal gar zu arg wurde, ging er zu ihr und zog sie in ein leeres Klassenzimmer, um mit ihr zu reden und sie zu trösten. Diese Jungs waren so nervig und genau mit diesen beiden musste er auch noch im Training sein Auskommen finden. Na ja, irgendwie schlug er sich durch und tröstete sich mit dem Gedanken, dass er bald wieder zu Hause sein und sein Ruhe haben würde.

Nachdem Anton die Autotür zugeschlagen hatte, als würde eine Horde Wölfe hinter ihm her sein, strahlte Martha ihn an und erzählte ihm, was sie alles so geplant hatte in den kommenden zwei Tagen. Es klang alles sehr gut und ein Besuch bei Oma Hedwig war immer ein Erlebnis, denn das Haus, in dem sie seit dem Tod ihres Mannes alleine lebte, war sehr alt und hatte viele Zimmer, die Anton sehr geheimnisvoll fand, fast ein bisschen gruselig, aber blitzsauber und gut sortiert hatte seine Oma alles in ihrem Haus. Viele Zimmer blieben auch im Winter kalt, da sie nur mehr den unteren Stock bewohnte und die oberen Räume eine liebevolle Erinnerung an ihre Vergangenheit waren, daher fühlte sich Anton immer wie in einem Museum bei ihr, ohne ihr das zu sagen, da er dachte, es könnte sie vielleicht verletzen.

Anton freute sich auf den Besuch, da es schon längere Zeit her war, dass er seine Oma das letzte Mal gesehen hatte. Sie hatte sich vor einiger Zeit den Fuß gebrochen und war anschließend einige Zeit auf Reha gewesen, deshalb war die Freude umso größer, als sie am Sonntagnachmittag ihre Tür öffnete, um Anton und Martha zu begrüßen. Es gab Tee und Kakao und Oma Hedwig genehmigte sich einen starken Kaffee, den sie normalerweise wegen ihres Bluthochdrucks nicht trinken durfte, sich aber ab und zu gönnte, um fit zu bleiben, wie sie sagte. Martha war auf dem Hinweg an einer Konditorei vorbeigefahren, um schnell noch etwas Süßes einzupacken. Es gab verschiedene Tortenstücke, die sie zu drei Teilen jeweils jedem von ihnen auf einen Teller packte, um von allem ein wenig zu probieren. Es war sehr gemütlich und Anton genoss das Sitzen auf der Küchenbank seiner Oma. Es war immer eine ganz besondere Stimmung bei ihr, so als würde er dort mehr zu Hause sein als bei seinen Eltern daheim in ihrem schönen neuen Energiesparhaus. Die Damen unterhielten sich angeregt, lachten viel und es war eine ausgelassene, fröhliche Stimmung im Raum. Oma Hedwig mochte Martha sehr und hatte sie auch schon oft zu sich nach Hause eingeladen. Martha war ebenfalls gerne bei ihr, da sie die Lebenserfahrung von älteren Menschen als irrsinnige Bereicherung für sich empfand und niemals als langweilig oder verstaubt.

Als sie so da saßen, fragte Oma Hedwig, worüber Martha denn mit ihr reden wolle, da sie am Telefon so geheimnisvoll getan hätte und sie jetzt schon ein wenig neugierig sei. Martha war froh, dass Hedwig nachhakte, da sie nicht recht wusste, wie sie beginnen sollte. Sie räusperte sich kurz und bat Anton, aus seinem Rucksack die Zeichnungen zu holen.

Anton ging ein wenig verlegen auf seine Oma zu und hielt ihr einen Stoß Papier unter die Nase. Die Blätter standen kreuz und quer aus dem Stapel heraus und Hedwig klopfte sie erst einmal zurecht. Sie sagte kein Wort, als sie ein Blatt nach dem anderen sorgsam begutachtete, und ihr Gesicht wurde immer heller. So nach dem fünften Blatt, das sie gesehen hatte, meinte sie:

»Anton, du bist ja ein wahrer Künstler! Was sagen denn Papa und Mama dazu?«

Als Anton mit den Schultern zuckte und nach seinen Zeichnungen greifen wollte, schaltete sich Martha ein und erzählte Hedwig, warum sie zu ihr gekommen war. Dass sie nach einigen Anläufen, mit Antons Eltern darüber zu reden, nichts erreicht habe, sich aber ganz sicher sei, dass dieser Junge ein großes Potenzial habe, das gefördert werden sollte!

Das sah Hedwig ganz genauso.

»Typisch«, sagte sie, »mein Sohn interessiert sich wieder einmal nur für sich, und Barbara, die Gute, traut sich wieder nicht, etwas dagegen zu sagen, um den Frieden nicht zu zerstören.«

In ihr kamen Bilder hoch: dass auch sie damals oft still gewesen war, als ihr Mann mit Uwe so forsch umgegangen war und ihn in seine eigenen Vorstellungen gedrückt hatte. Das wollte sie jetzt nicht mehr unterstützen, indem sie den Mund hielt, und willigte begeistert ein, Anton zu unterstützen.

Einige Tage später hatte sie schon etwas arrangiert. Da sie von früher noch recht gute Kontakte hatte und sie auch viel in caritativen Einrichtungen unterwegs war, um ihren Teil an der Gesellschaft wieder gutzumachen, den sie in ihrem Familienleben nie so ganz auf die Reihe gekriegt hatte, war es ein Leichtes für sie, den passenden Platz zu finden, wo ihr Enkel spielerisch seine Fähigkeiten ausbauen könnte, wenn er es wollte. Und ob er das wollte! Anton war begeistert und Hedwig verpackte das Ganze als Geburtstagsgeschenk für ihn. Und somit stand dem Projekt *Anton und Kunst* nichts mehr im Wege – auch die Eltern nicht, denn Hedwigs Argumente ließen kein Aber zu.

Es handelte sich um eine Gruppe von Menschen, die sich in ihrer Freizeit der Kunst verschrieben hatten sowie den verschiedenen Richtungen, sich künstlerisch auszudrücken. Zum Teil waren einige selbst als Künstler tätig und auch bekannt in dieser Szene, andere wiederum brachten ihr Geld mit ein, weitere waren regelmäßig vor Ort, um sich um Erhalt und Pflege des Objektes zu kümmern, das sie angemietet hatten. Es war eine alte Tischlerwerkstatt, die vor langer Zeit zusperren musste, da kein Nachfolger zu finden war, als der Besitzer und Betreiber dieser Werkstatt in Pension ging. So war es für beide Seiten eine glückliche Fügung, als man durch Zufall an dieser Werkstatt vorbeifuhr und las: *Zu vermieten.* Man wurde sich schnell einig und der Besitzer war auch selbst fleißig am bunten Treiben beteiligt. Es gefiel ihm, dass wieder Leben in seine Werkstatt einzog, und auch der anschließende Grund im Hinterhof wurde neu erschlossen. Es wurde alles durch Spenden getragen sowie dem Eigenkapital derer, die etwas auf die Beine stellen wollten, um jungen Menschen zu ermöglichen, ihrer Kreativität Ausdruck zu verleihen. Im Laufe der Jahre kamen immer mehr Menschen, die sich in irgendeiner Weise am Erhalt dieser Einrichtung beteiligten. Sogar die Stadt stellte ein gewisses Jahresbudget zur Verfügung. Hedwig hatte schon öfter von diesem Projekt gehört, weil die Tochter einer Bekannten dort ein begeistertes Mitglied war.

Anton besuchte an einem Sonntag, dieses Mal mit seiner Mutter und Oma Hedwig, die Einrichtung. Es war viel los und an allen Ecken und Enden standen oder saßen junge Menschen, die malten oder töpferten oder schrieben. Manch einer kam mit einer Jause in der Hand vorbeispaziert und grüßte freundlich. Sie waren alle drei sehr beeindruckt von dem Ganzen und als man sie willkommen hieß und ihnen etwas zu trinken anbot, um den Grund ihres Besuchs zu erfahren, war es klar. Anton fühlte sich sofort pudelwohl, er grinste die ganze Zeit beglückt vor sich hin und zog seine Mutter ständig an der Kleidung, wenn er wieder etwas Neues entdeckt hatte.

Frau König kam auf sie zu, eine liebenswerte Dame um die fünfzig, die nach ihrem Burnout, das sie vor einigen Jahren erlitten hatte, hier noch einmal von vorne anfangen wollte, was ihr auch gelungen war. Sie war ein fester Bestandteil dieser Einrichtung geworden, den sie *Kreativschuppen* nannten, und eine der Hauptverantwortlichen, wenn es um die Aufnahme von neuen Mitgliedern ging. Sie hatte sich auch bereit erklärt, die monatlichen Abrechnungen zu machen, hatte auch sonst überall eine tragende Rolle und war sehr beliebt, da sie für jeden immer Zeit und ein offenes Ohr hatte. Sie bat erst einmal darum, mit

Anton alleine zu sprechen, da es ihr wichtig war, dass dies auch im Sinne des Kindes war und keine Zwangsbeglückung des Kindes durch Eltern, die nur die Verantwortung für seine Freizeitgestaltung loswerden wollten. Das widerlegte Anton aber schon nach kurzer Zeit, da seine Begeisterung so spürbar war, dass es nicht viele Fragen brauchte, um zu wissen, dass der Junge hierher gehörte. Sie wollten ja nicht wahllos irgendwelche Menschen aufnehmen, die vielleicht aus einer Laune heraus bei ihnen einstiegen und dann mehr für Unruhe sorgten, als dass sie den Sinn des Ganzen erkannten. Es wurde sehr viel Wert auf die Ernsthaftigkeit gelegt und die Beweggründe, aus denen man zu ihnen kam. Im *Kreativschuppen* kamen oft Künstler vorbei, um den Kindern und Jugendlichen Tipps zu geben oder einen Tag mit ihnen zu arbeiten. Sie taten dies ohne Bezahlung und somit aus tiefstem Herzen, dabei helfen zu wollen, ihnen den Weg in die Zukunft zu bereiten, und da sollten die, die es in Empfang nahmen, so ein Geschenk auch wertschätzen können.

Als Frau König Antons Zeichnungen sah, staunte sie nicht schlecht: Der Junge, der da vor ihr saß, ging in die dritte Klasse der Volksschule und kreierte wahre Wunderwerke auf Papier. Es waren auf einem Blatt Stühle zu sehen, die um einen Tisch herum standen, und es war unschwer zu erkennen, dass es massive Sitzmöbel aus unbehandeltem Holz waren, so genau hatte Anton die Konturen und Maserungen mit den Farben herausgearbeitet. Auf den Sitzflächen und der Tischplatte funkelten zahllose bunte Mosaiksteinchen, die er mit viel Fantasie sehr geschmackvoll aneinandergereiht hatte. Man konnte sogar die Umrandungen der Einfassung erkennen, so genau hatte er sie beim Zeichnen herausgearbeitet – es war rundherum perfekt. Ein anderes Bild zeigte einen Fußboden, auf dem sich ebenfalls eine Bahn aus kleinen Glassteinen durch den Raum zog, so als spiegelte sich ein Regenbogen im Parkett. Sein Repertoire reichte von Duschkabinen über Fensterscheiben bis zu Einbauschränken, alles war perfekt herausgearbeitet, und immer wieder fand sich seine Vorliebe für diese bunten Glaselemente wieder, sogar ein Fenster, das er gezeichnet hatte, war innen von Sprossen aus geschliffenen Steinen und bunten Glasornamenten noch einmal unterteilt. Es waren so viele außergewöhnliche Ideen, die da auf den Bildern zu sehen waren, dass Frau König wusste: Beim Zeichnen allein würde es da nicht bleiben, Anton würde es umsetzen, es mit den Händen selbst entstehen lassen wollen.

Als die Formalitäten erledigt waren, Barbara ihre Unterschrift und damit ihr Einverständnis gegeben hatte, dass sich ihr Sohn in seiner Freizeit so oft er wollte im *Kreativschuppen* betätigen durfte, und Oma Hedwig ihr vorgezogenes Geburtstagsgeschenk einlöste und ihren Mitgliedsbeitrag einzahlte sowie die weiteren durch Bekanntgabe ihrer Kontonummer zum monatlichen Abbuchen freigab, war die Sache gegessen und Anton Mitglied im *Kreativschuppen für angehende junge Künstler und solche, die es noch werden wollen* – so das Motto der Einrichtung, das im Eingang auf dem Willkommensplakat zu lesen war, das Anton von nun sehr oft sehen würde. Von diesem Tag an war Anton einmal die Woche, manchmal auch zwei- oder dreimal dort. Er fühlte sich sehr wohl und fand bald viele neue Freunde. Anders als in seiner Klasse schienen die ihn wirklich zu mögen. Er wurde nicht gehänselt, weil er eher klein und zierlich war für einen Jungen seines Alters, sondern wurde so akzeptiert, wie er war, und sehr geschätzt in dem, was er machte. Hier ging man sehr offen miteinander um und vor allem mit Respekt. Es waren viele unterschiedliche Charaktere dort, und auch Kinder und Jugendliche mit Behinderung fanden hier Beachtung, aber nicht aus Mitleid, sondern weil es nicht darauf ankam, wer oder wie man war, sondern nur darauf, dass man da war und sich auf irgendeine Weise in die Gemeinschaft einbrachte. In der Schule war das nicht ganz so, es war immer ein bisschen ein Machtkampf unter gewissen Schülern und auch oft Neid zu spüren auf bessere Noten oder bessere Freunde, von denen man glaubte, dass der andere sie vielleicht hätte. Anton konnte diesen Umgang miteinander nie richtig verstehen und auch nicht recht einordnen, doch nach einiger Zeit wurde es ihm auch egal, da seine ganze Freude und Leidenschaft in dieser Einrichtung steckte, wo er so gut es ging seine Freizeit verbrachte, anfangs noch in Absprache mit den Eltern, auch im Verweis auf die Schule, die nicht darunter leiden dürfe, wie ihm sein Vater deutlich klar machte. Aber schon bald wurde es für alle zur Gewohnheit und es wurde nicht mehr so oft nachgefragt, ob Anton seine Aufgaben gemacht hätte oder Schularbeiten anstünden, für die er noch zu lernen hätte. Die Eltern hatten gemerkt, dass ihr Sohn nicht riskieren würde, seinen Platz dort aufgeben zu müssen, und somit noch gewissenhafter als zuvor die schulischen Dinge erledigte und nach wie vor sehr gute Noten schrieb. Instinktiv wusste Anton: Solange er sich da so verhielt, wie es sich sein Vater vorstellte, konnte ihm nichts geschehen und er konnte seine lieb gewonnene Tätigkeit beibehalten. Da die Eltern sowieso nach wie vor selten Zeit hatten, war es auch nicht so wichtig, wo er war – Hauptsache, er war gut aufgehoben, und das war er dort. Die Kinder und Jugendlichen wurden immer von ein paar Erwachsenen abwechselnd betreut und für Verpflegung war auch gesorgt, also gab es keinen Grund, sich Sorgen zu machen.

Martha brachte Anton stets hin und holte ihn auch wieder ab. Manchmal war Oma Hedwig dabei, um nachzusehen, was ihr Enkel so alles machte, und auch nach dem Rechten zu sehen. Sie wurde niemals enttäuscht, ganz im Gegenteil, es gefiel ihr sehr dort, vor allem aber, welch tolle Entwicklung Anton machte. Er wurde selbstsicherer, sein ganzes Wesen war viel aufgeschlossener geworden. Sie freute sich für ihn und es gab ihr ein gutes Gefühl, das Richtige getan zu haben.

Martha war auch total happy. Ihre Tätigkeit war ohnehin nicht mehr so intensiv im Hause von Antons Eltern, da sie nur mehr ab Mittag im Einsatz war, um in ihrem eigenen Zuhause mehr mitzuhelfen, da ihr Vater sehr krank geworden war und sie gebraucht wurde. Auch ihr Freund war zu ihnen auf den Hof gezogen, da die beiden planten sich zu verloben und in einigen Jahren zu heiraten. Er war Mechaniker, aber nicht abgeneigt, in die Landwirtschaft zu wechseln. So kam eins zum anderen, und als Anton im Gymnasium war, hörte Martha ganz auf, für die Familie zu arbeiten. Sie kam ab und zu noch auf Besuch, aber immer seltener, da Anton oft erst spät am Nachmittag von der Schule kam und eine Stunde später schon wieder verschwand, um in den *Kreativschuppen* zu fahren. Mit dem Rad waren es gute zehn Minuten und somit kein Problem, da er sehr sportlich war, obwohl er nicht mehr zum Fußballspielen ging. Das hatte er Gott sei Dank überstanden, seit sein Trainer Uwe gefragt hatte, ob er sich wirklich sicher sei, dass Anton Interesse an diesem Sport habe, da er keine besonderen Fortschritte mache. Uwe war darauf ein wenig beleidigt und meinte, Antons Trainer sei schuld daran, schließlich liege es ja an ihm, den Kindern etwas beizubringen. Er nahm Anton da raus, um einen anderen Fußballverein zu finden. Doch bis heute hatte sich kein anderer gefunden und Anton war heilfroh darüber. Uwe hatte es mittlerweile auch aufgegeben, nach einem neuen Verein zu schauen, und somit verlief das Ganze im Sande.

Anton vermisste Martha anfangs noch recht stark, aber mit der Zeit gewöhnte er sich daran, dass niemand da war, wenn er nach Hause kam und nur einen Zettel an der Kühlschranktür fand, auf dem stand, dass das Essen im Kühlschrank stehe und nur mehr aufzuwärmen sei. Manchmal gab es auch einen Vermerk: *Geld liegt auf dem Tisch, bestell dir eine Pizza, alles Liebe, Mama.* Anton war nun fünfzehn und es kümmerte ihn nicht mehr, ob jemand zu Hause war oder nicht, er kam gut allein zurecht, und Freunde hatte er in seiner Werkstatt, die mittlerweile wie ein zweites Zuhause für ihn geworden war. Auch an den Wochenenden war er selten woanders als im *Kreativschuppen*, außer bei seiner Oma, die er regelmäßig besuchte und die jedes Mal ganz glücklich war, wenn sie hörte, wie gut es ihm ging. Er hätte auch gar nichts anderes zu ihr gesagt, da sie schon sehr alt geworden und nicht mehr sehr belastbar war. Sie hatte nun eine feste Haushälterin, die auch für sie kochte und ein wenig auf sie achtgab, da sie schon ein wenig wackelig auf den Beinen war. Aber es ging ihr gut, und das war das Wichtigste.

Anton hatte seiner Oma viel zu verdanken. Sie war immer für ihn da gewesen, und ohne sie wäre er wahrscheinlich nicht mit so tollen Menschen zusammengekommen wie in seiner Werkstatt, dem *Kreativschuppen*. Er nannte diesen Ort deshalb *Werkstatt*, weil er vor einiger Zeit angefangen hatte, mit festen Materialien zu arbeiten, und die Zeichnungen der Vergangenheit angehörten. Anton hatte bei einem Ausflug mit der Schule seine Leidenschaft für Glas entdeckt, oder besser gesagt, er öffnete sich mehr dafür, da Glaselemente in seinen Zeichnungen damals immer schon eine wesentliche Rolle gespielt hatten. Es war für ihn ein Leichtes, durch Farben und Schattierungen seine gezeichneten Elemente so ausschauen zu lassen, als breche sich das Licht in ihnen. Er wusste damals noch nicht, dass es das Glas war, was er da so besonders liebte, er benutzte es immer, um die Dinge zu verschönern und aufzulockern. Zuerst in den Zeichnungen, später in einigen Projekten, die er mit anderen Kindern gemeinsam gestaltete, und zwar im Zuge einer mehrtägigen Reise mit seiner Klasse im Gymnasium, die verbunden war mit Besuchen einiger Betriebe der Metallindustrie, der Holzverarbeitung und auch in einer Glasmanufaktur. Es war für jeden etwas dabei, die meisten begeisterten sich für die Metallbranche, weil hier für spätere Berufschancen die größeren Angebote zur Verfügung standen.

Anton war da anderer Ansicht, er hatte den ganzen Zirkus um Schule, Studium und Berufsorientierung sowieso noch nie verstanden, und dieses ständige »Mein Papa hat gesagt, da habe ich am meisten Chancen und da verdiene ich am besten« konnte er sowieso nicht mehr hören. Keiner seiner Mitschüler sprach auch nur einmal davon, was ihm Spaß machen würde oder wovon er träumte, es später einmal tun zu können. Alle schienen ganz genau zu wissen, was sie zu tun hatten, und für viele war auch schon klar, was sie studieren wollten. Bei dem Wort *studieren* drehte es Anton sowieso den Magen um, denn das hörte er ständig von seinem Vater. Nicht dass er ihn einmal fragen würde, was er gemacht hätte den ganzen Tag oder was es Neues gebe in seiner Werkstatt. Nein, er saß ihm ständig im Genick mit der Frage, ob er nicht endlich erwachsen werden und sich ernsthafter mit dem Studium der Rechtswissenschaft beschäftigen wolle. Ob er nicht einmal am Wochenende mit ihm in die Kanzlei fahren und sich ein wenig umsehen wolle? Er würde ihm gerne schon einiges zeigen. Anton wurde immer ganz angst und bange bei dem Gedanken, da hin zu müssen. Er konnte sich nicht vorstellen, so etwas später jeden Tag als Arbeit auszuführen, und er hatte schon oft versucht, seinem Vater zu erklären, dass er überhaupt kein Interesse daran hatte und dass ein Studium für ihn sowieso nicht in Frage kam. Er wollte arbeiten, er wollte mit seinen Händen etwas erschaffen, er wollte jeden Tag etwas Neues erschaffen. Wie viel Geld er damit verdiente, war ihm ziemlich egal, er wollte einfach aus dem Gymnasium raus und lernen. Ein Handwerksberuf war sein größter Wunsch, und seit er mit seiner Klasse an diesen Orientierungs-Tagen teilgenommen hatte, stand für ihn fest: Er wollte ein Handwerk mit Glas erlernen! Glas zu formen, es einzusetzen, um Häuser, Möbel und andere Dinge damit zu gestalten und zu verschönern, das erfüllte sein Herz mit Freude, und er spürte auch diese Kraft, die dabei in ihm aufkam. Er war ein guter Schüler, nicht faul, es hatte nur alles keinen Sinn für ihn, weil er es nicht brauchen würde, wie er meinte.

Mit seiner Mutter hatte Anton schon einige Male darüber geredet und sie wollte ihn auch dabei unterstützen, glücklich zu werden. Sie befürchtete jedoch eine mittelgroße Katastrophe, wenn sich ihr Sohn für seinen Lebensunterhalt einen Handwerksberuf aussuchen würde und nicht den Beruf des Rechtsanwaltes, der seit Antons Geburt für ihn vorgesehen war. Barbara versuchte dieses Thema oft noch wegzuschieben, indem sie sagte, es sei ja noch Zeit und man sollte sich noch nicht so viele Gedanken darüber machen. Allerdings wurde Anton bald sechzehn Jahre alt und für eine Lehre war er schon ein wenig spät dran. Auf der anderen Seite fand Barbara es auch schade um die Zeit, die Anton ihrer Meinung dann vergeudet hätte, da der Weg über das Gymnasium dann ja umsonst gewesen wäre. Bis zur Matura waren es noch zwei Jahre. Meine Güte, dachte Barbara, wenn er doch bloß noch durchhalten würde! Aber es war nichts mehr zu machen, sosehr sie auch versuchte, ihren Sohn davon zu überzeugen, wenigstens die Matura zu machen. Dann könnte er immer noch umsatteln, beschwor sie ihn, dann würde sie auch mit seinem Vater sprechen und ihn unterstützen – nur, bis dahin eben sollte er noch warten.

Es war ein Verhaltensmuster, das Barbara sich schon vor Jahren zugelegt hatte in ihrer Ehe und in der Erziehung ihres Sohnes: zu warten und zu hoffen, dass sich die Dinge irgendwann von selbst lösen würden. Sie hatte aufgehört, sich gegen ihren Mann behaupten zu wollen und ihre Meinung durchzusetzen, irgendwann war sie müde geworden von diesen ewigen Diskussionen, in denen es immer nur darum ging, wer nun recht hatte. Uwe war da eisern, er duldete keine andere Meinung außer seiner eigenen, es war sehr schwer, mit ihm auf einen Nenner zu kommen, und deshalb hatte Barbara gelernt, ihm wortlos zuzustimmen und ihr eigenes Ding, ihre Träume und Sehnsüchte in eine Schublade zu packen und zu hoffen, dass irgendwann der Zeitpunkt kommen würde, wo sie diese auspacken dürfte. Mit den Jahren wurden es weniger Träume, weniger Sehnsüchte, und ihre Meinung war die ihres Mannes Uwe geworden.

Uwe liebte Barbara auf seine Art aufrichtig, doch hatte er nie gelernt zu teilen, ganz egal, was. Es wurde ihm als Kind alles möglich gemacht, er wurde früh wie ein Erwachsener behandelt und musste das dann auch sein, da sein Vater ihn sofort nach Beendigung seines Studiums voll einsetzte und ihn gleich mit ziemlich harten Fällen konfrontierte, um ihm den Ernst des Lebens nahezubringen, wie sein Vater damals ständig zu sagen pflegte. Zur Belohnung für seinen Gehorsam und seine Ausdauer gab es immer Lob, aber nie auf gefühlsmäßiger Ebene, sondern in materieller Hinsicht. Da stand nach bestandener Matura ein neuer Porsche vor der Tür und am Abend gab es eine Feier, die Uwe aber nicht so richtig mitbekam, so schlecht war ihm von dem vielen Alkohol, den ihm sein Vater immer zureichte, um ihn gleich in der Männerwelt willkommen zu heißen.

Es waren auch keine Freunde von Uwe auf diese Feier geladen, sondern nur Berufskollegen seines Vaters und andere Geschäftsbekannte. Es war Uwe so schlecht geworden, dass er sich furchtbar übergeben musste und von seinem Vater ins Taxi nach Hause gesetzt wurde mit den Worten: »So, mein Junge, jetzt schläfst du deinen Rausch aus und morgen werden wir dann ein paar Bälle schlagen.« Damit meinte er das Golfspielen, wozu er Uwe schon als kleines Kind mitgenommen hatte, um ihn so früh wie möglich mit dem richtigen Leben vertraut zu machen. Mit Spielen oder einmal nur Faulenzen war da nicht viel für Uwe, deshalb hatte er nie gelernt, was es heißt, Träume haben zu dürfen oder einfach etwas auszuprobieren. Es war genauestens geplant, was zu geschehen hatte.

Uwes Mutter damals hatte auch nicht die Kraft, sich durchzusetzen, vor allem hatte sie keinen eigenen Beruf und war somit von ihrem Mann abhängig. Lange nahm sie das so hin. Als Uwe jedoch heranwuchs, nahm sie immer öfter wahr, dass ihr Mann auch ihn in eine Abhängigkeit trieb mit schönen Autos, teuren Motorrädern und den Möglichkeiten, die er ihm immer vor die Nase hielt – Möglichkeiten, die er durch seinen Vater haben würde, wenn er nur gehorchte. Uwe bräuchte sich ja nur mehr ins gemachte Nest zu setzen und zu schauen, dass er es halten könne, alles Nötige dazu würde ihm sein Vater schon beibringen. Es war wie ein Sog und Uwe war dem machtlos ausgeliefert, hatte doch Geld schon seit Kindertagen so eine große Wirkung auf ihn. Seine Mutter beobachtete die Situation damals voller Sorge, nur war sie ja selbst lange den leichten Weg gegangen, ihren Mann alles für sich machen zu lassen, und nun war es zu spät. Was wollte sie ihrem Sohn sagen, dem sie ja vorgelebt hatte, wie man sich abhängig machte? Sie hatte nicht den Mut, sich dagegenzustemmen und Uwe mehr Kindheit und Jugend zu ermöglichen.

Dieses Muster trug Uwe heute noch in sich, es war wie eingebrannt in seine Seele. Es hatte nichts mit mangelnder Liebe zu seiner Frau und zu Anton zu tun, dass er oft so hart und so fordernd war, er kannte dieses Gefühl der Weichheit nur eben nicht und die Freude am gemeinsamen Entscheiden. Barbara hatte immer stark sein müssen, da ja ihre Mutter früh gestorben war und sie ihrem Vater helfen musste, wo sie nur konnte. Schon in jungen Jahren hatte sie versuchen müssen, Schule und Haushalt unter einen Hut zu kriegen, war es gewohnt zu funktionieren, und so war es keine große Enttäuschung für sie, dies im Ehealltag wieder tun zu müssen.

Anton schlug aus der Reihe, er hatte von all dem nichts in sich. Er war ein Freigeist, der sehr rücksichtsvoll war, sehr sensibel, mit viel Sinn für

Freude und das wirklich Wichtige im Leben. Und jetzt war er alt genug, all das zum Ausdruck bringen zu können. Er stemmte sich trotz aller Überredungskunst seiner Mutter, mit seinem Vater zu sprechen, gegen eine Aussprache.

An diesem einen Abend jedoch, der sein Leben grundlegend verändern würde, ging er nach einem erneuten Gespräch mit seiner Mutter zu einer Unterredung mit seinem Vater ins Wohnzimmer hinunter. Ein für alle Mal wollte er klarstellen, dass er nicht wie von Uwe gewollt studieren, sondern nach diesem Schuljahr abbrechen und als Glaser in die Lehre gehen werde. Er wusste zwar noch nicht, wo und wann, aber das war ihm in diesem Moment so was von egal, es musste einfach raus, sonst würde er daran ersticken, hatte Anton das Gefühl. Und so stürmte er entschlossen die Treppe hinunter und war gegen seine sonstige Art sehr laut dabei, sodass sich sein Vater umdrehte und Anton geradewegs ins Gesicht blickte, als der zu sprechen ansetzte. Uwe saß in dem weißen Ledersofa, die Beine über Kreuz geschlagen, und blickte über seinen Brillenrand zu Anton hoch. In seinen Händen hielt er eine Akte, die er mit nach Hause genommen hatte, um noch einmal drüberzugehen, da in diesem Fall morgen die Anhörung vor Gericht war.

Anton biss unter dem Blick des Vaters die Zähne zusammen, dann sagte er:

»Papa ich muss mit dir reden, es ist sehr wichtig.«

»Siehst du nicht, dass ich zu tun habe? Anton, wir reden morgen, ich muss das fertig bekommen.«

Sein Vater sah ihn nun wieder so an, doch Anton hielt diesem Blick stand.

»Papa, ich muss *jetzt* mit dir reden!«

Uwe legte die Akte beiseite und zog sich die Brille von der Nase.

»Na, was ist denn so wichtig, dass es nicht warten kann? Ist ein Mädchen schwanger von dir und ich soll dir jetzt das Geld für eine Abtreibung geben?«

Anton erschrak, wie sein Vater über ihn dachte, vor allem, was er da überhaupt dachte. Es dauerte einen Moment, bis er sich wieder gefangen hatte. Dann setzte er wieder an und redete. Er hörte erst auf, als sein Vater aufstand und fragte, ob er ihn verarschen wolle. Anton legte nach, beteuerte immer wieder, wie überzeugt er davon war, was er tun wollte und was nicht – fast wie vor Gericht, wenn ein Angeklagter immer wieder seine Unschuld beteuert, da ihm keiner Glauben schenkt. Anton redete so schnell, als wollte er keine Lücken lassen, damit sein Vater einhaken konnte.

Doch es kam schlimmer. Uwe ging auf ihn zu,

schlug Anton mit der flachen Hand ins Gesicht und schrie ihn an:

»Wenn du es wagst, alles, was wir für dich aufgebaut haben, durch eine Laune zu zerstören, und die Schule jetzt abbrichst, dann kannst du dich gleich schleichen! Glaubst du wirklich, ich arbeite fast Tag und Nacht und deine Mutter auch, damit einmal ein Fremder die Kanzlei übernimmt? Du spinnst wohl, mein Guter, schlag dir das aus dem Kopf!«

Er sah seinen Sohn zornig an und verließ den Raum. Barbara streifte er kurz mit der Schulter, als diese gerade um die Ecke kam, da sie nach der Ohrfeige eingreifen wollte und die Treppe heruntergestürmt war. Sie hatte die ganze Zeit oben gestanden und die beiden belauscht, in der Hoffnung, ihr Mann würde einsichtig sein, obwohl sie dem selbst keine reelle Chance gab. Aber sie hatte doch die leise Hoffnung gehegt, auch für sich selbst, ihr Mann würde endlich einmal zeigen, dass er Verständnis für die Wünsche anderer hatte.

Uwe gab ihr ungewollt einen Rempler, sodass es sie zwei Schritte nach hinten versetzte, und schrie auch gleich sie an:

»Bring deinen Sohn zur Vernunft, sonst vergesse ich mich!«

Barbara wusste, dass der Zug da abgefahren war und Uwe hart blieb, sie kannte ihn zu gut, um da noch auf Einsicht zu warten oder eine Aussprache, um es sich wenigstens in Ruhe nochmals anzuhören und die Beweggründe seines Sohnes zu verstehen.

Es war wie ein Erdbeben, das diese Familie an diesem Abend erschütterte. Anton stand, als Barbara zu ihm ins Zimmer kam, wie versteinert noch immer am selben Fleck und starrte ins Leere. Er konnte nicht fassen, mit welcher Kälte ihn sein Vater behandelt hatte, er war wie weggetreten. Als Barbara ihn am Arm berührte, um ihn zu umarmen, sah er sie nur an und stammelte:

»Wie kannst du nur mit so einem Mann leben, wie hältst du das aus?«

Hilflos drückte sie ihn an sich.

»Es wird alles gut, mein Sohn, wir schaffen das.«

Anton wollte das aber nicht schaffen. Er wollte verstanden werden. Er ging einen Schritt zurück und sagte: »Wenn du meinst, ich gehe jetzt schlafen.«

Er ging nach oben, schloss seine Zimmertür hinter sich und starrte an die Decke. Er konnte die ganze Nacht nicht schlafen, tausend Gedanken gingen ihm durch den Kopf. Er konnte so vieles nicht einordnen und auf einmal schien alles so klar zu werden in ihm. Situationen kamen ihm in Erinnerung: wie oft er seine Mutter weinend im Bad angetroffen hatte und sie zu ihm sagte, sie hätte Seife ins Auge bekommen. Wie sein Vater oft spät nachts nach Hause kam und Anton hörte, wie er durchs Haus schlich und versuchte, leise zu sein bei dem, was er tat, was ihm aber nie gelang, da er oft sturzbetrunken war, und wie einiges dabei zu Bruch ging, was ihm in die Quere kam. Die langen Gespräche mit Oma Hedwig, bei denen sein Vater so eigenartig traurig aussah und sich danach immer entschuldigte bei seiner Frau, die ihm dann im Beisein von Oma Hedwig einen Kuss gab. Die vielen Male, als Anton so ein komisches Gefühl hatte, wenn ihn sein Vater so eigenartig ansah, weil er etwas nicht so gemacht hatte, wie sein Vater es wollte. Und Martha, die immer gesagt hatte, dass sie für Anton da sei und er immer zu ihr kommen könne, wenn er etwas brauchen würde. Das hatte sie sehr oft gesagt in den Tagen, bevor sie ging.

Anton dämmerte es schön langsam: Seinem Vater war schon öfter die Hand ausgerutscht, nicht bei ihm, aber bei seiner Mutter, und alle hatten es gewusst und keiner konnte etwas dagegen tun. Deshalb wollte ihn auch seine Mutter vor diesem Gespräch schützen und Martha hatte ihn warnen wollen. Oft hatte sie gesagt: »Weißt du, Anton, niemand hat das Recht, einem anderen Menschen seinen Willen aufzuzwingen, und wer das tut und auch Gewalt dazu einsetzt, hat deinen Respekt nicht verdient.« Das hatte in Antons

Ohren auch immer sehr richtig geklungen, nur hatte er nicht gewusst, warum sie es jetzt schon sagte. Seine Mutter war oft stärker geschminkt, trug dann immer eine Sonnenbrille, auch wenn es regnete. Anton wurde so vieles klar – und er wurde mit einem Schlag erwachsen.

Der nächste Morgen war sehr kalt, da es furchtbar regnete und es erst Ende März war, aber auch, weil im Haus die Stimmung so eisig war, dass man fast erfror an dem Schweigen beim Frühstück. Es verließen alle drei fast gleichzeitig das Haus und so war es an diesem Tag eine Erlösung für Anton, in den Regen hinauszugehen, um auf seinen Schulbus zu warten, der direkt unter ihrer Hauseinfahrt stehen blieb.

In der Schule war Anton an diesem Tag sehr unkonzentriert, ständig kreisten seine Gedanken um das, was gestern Abend zu Hause geschehen war. Er konnte sich noch so bemühen, die Worte seiner Lehrer zogen an ihm vorbei, ohne dass er auch nur eine Ahnung hatte, worüber sie da redeten. Er war erleichtert, als endlich die Glocke zur großen Pause läutete und er in die frische Luft auf den Schulhof huschen konnte. Er verkroch sich hinter einer Mauer, die den Zugangsbereich zu den einzelnen Eingängen seiner Schule trennte. Er hatte das Gefühl, als würde es ihm den Kopf zerreißen, und es war ihm furchtbar schwindlig.

Er konnte dieses Gefühl, das in ihm hochkam, überhaupt nicht zuordnen, es fühlte sich so eng an und er wollte nur schreien, damit es leichter wurde. Er liebte seinen Vater sehr und konnte überhaupt nicht begreifen, was da gerade abging, aber es kam so ein Zorn in ihm hoch, so eine ungeheure Wut, und auch seiner Mutter gegenüber hatte er das Gefühl, nicht mehr ehrlich sein zu können. Wie sollte sie ihn verstehen oder ihm sogar noch helfen, wenn sie doch selbst so festgefahren war in ihrem Verhalten gegenüber seinem Vater?

Es war so ein Karussell in Antons Gedanken, dass er Mühe hatte, die restlichen Stunden durchzuhalten. Als um sechzehn Uhr die Schule endlich vorbei war, wollte Anton trotz seiner starken Kopfschmerzen und der Müdigkeit, die ihn ganz schön im Griff hatte, nicht nach Hause. Er wusste zwar, dass er noch alleine sein würde, denn vor neun Uhr abends kam selten einer von beiden Eltern nach Hause, aber er wollte einfach noch ein wenig herumgehen und sich irgendwie auch den Frust von der Seele gehen. Er spazierte mit seinem schweren Schulrucksack so durch die Gassen, schaute in einige Schaufenster, ohne überhaupt wahrzunehmen, was er da sah, ging an Menschen vorbei, ohne sie wirklich zu sehen. Er versuchte irgendwie klar zu werden, denn in ihm war alles so durcheinander, dass er überhaupt nicht wusste, was er denken oder fühlen sollte. Seine Mutter hatte ihm am Nachmittag eine SMS auf sein Smartphone geschickt: *Ich hab dich lieb, mein Schatz. Bussi, deine Mama*, und ein Küsschensmiley. Das las er zwar, aber es bedeutete ihm in diesem Moment nichts, er kam sich so betrogen vor. Er empfand alles als eine so große Lüge und hatte das Gefühl, alles sei so unwichtig geworden.

Anton war echt schlecht drauf und beschloss sich gegen seine Einstellung einige Dosen Bier zu kaufen und eine Packung Zigaretten und sich damit in den Park zu setzen, um sich mal so richtig gehen zu lassen. Er verabscheute so ein Verhalten zutiefst, da er zu oft gesehen hatte, wie Jugendliche sich benommen hatten, wenn er abends mit seinem Rad aus dem *Kreativschuppen* kam und durch den Park eine Abkürzung nach Hause nahm. Er verstand nie, was daran so toll sein sollte, und war immer froh, unbemerkt an diesen Kids vorbeizukommen, nicht weil er Angst vor ihnen gehabt hätte, sondern weil er keine Lust auf ihre blöden Sprüche hatte. Und so trat er immer fester in die Pedale, sodass er mit einem Mords-Speed an ihnen vorbeischoss. Einmal hätte er sogar fast einen Unfall gehabt deswegen, da er, ohne zu schauen, die angrenzende Straße überquerte und ein Auto übersah. Anton riss schnell den Lenker zur Seite und konnte gerade noch ausweichen. Das Hupen und Schreien des Fahrers hörte er nur mehr hinter sich, da er gleich Reißaus nahm, um nicht noch Probleme zu bekommen und seine Eltern davon erfahren würden. Nein, das konnte er gar nicht brauchen, die Moralpredigten seines Vaters und das leidvolle Schauen seiner Mutter wollte er sich sparen, das war oft bei Kleinigkeiten schon schwer zu ertragen. Nein, da fuhr er lieber schnell davon in der Hoffnung, dass er unerkannt bliebe, und so war es dann auch.

Als Anton jetzt so in den Park spazierte und sich einen Baum aussuchte, unter den er sich setzen wollte, um sich volllaufen zu lassen, kam jemand geradewegs auf ihn zu. Er versuchte auszuweichen, so tun, als würde er die Person nicht bemerken, doch auf einmal deutete der Mann auf ihn und winkte ihn zu sich heran.

Es war Manuel, der Freund von Martha, seinem ehemaligem Kindermädchen. Er kannte Anton vom Sehen, da er Martha manchmal an Wochenenden, wenn sie Dienst in Antons Elternhaus hatte, auf ein kurzes Hallo und ein Küsschen besuchte und dann auch gleich wieder ging. Es war nur, um sie zu sehen und nicht, um sie von ihrer Arbeit abzuhalten oder so etwas. Manuel wechselte dann auch immer ein paar Worte mit Anton. Dabei war es bis jetzt aber geblieben.

Irgendwie spürte Manuel, dass hier etwas nicht stimmen konnte, und er war fest entschlossen, der Sache auf den Grund zu gehen. Er hatte ein anderes Bild von Anton und das, was er da sah, gefiel ihm gar nicht. Anton erwiderte das Winken und ging Manuel entgegen, ohne ihn richtig erkannt zu haben, aber er kam sich blöd vor, so zu tun, als sähe er das nicht, und so kam es, dass er plötzlich in ein freundliches Gesicht blickte, das ihn auffordernd ansah.

»Was machst denn du hier, Anton? Dich habe ich ja schon lange nicht mehr gesehen und war mir nicht sicher, ob du es überhaupt bist, entschuldige meine Neugierde.«

Anton winkte etwas verlegen ab. »Nein, passt schon«, meinte er und versuchte die Bierdosen hinter seinem Rücken verschwinden zu lassen. Er merkte plötzlich, wie unreif es war, was er da noch vor wenigen Minuten vorgehabt hatte.

Manuel ignorierte das, da er ihn nicht noch mehr in Verlegenheit bringen wollte, und bot ihm an, ihn nach Hause zu bringen. Anton war darüber sehr erleichtert und freute sich jetzt sogar ein bisschen darauf, nach Hause zu kommen.

Als Manuel ihn vor ihrem Einfahrtstor absetzte, sagte er zu Anton nur, dass er froh sei, ihn heute wieder einmal gesehen zu haben, und dass er sich freuen würde, wenn er Martha und ihn einmal besuchen kommen würde, er brauche auch gar nicht vorher anzurufen. Er steckte ihm aber trotzdem einen Zettel zu, den er während des Redens mit seiner Telefonnummer versehen hatte.

»Irgendwer von uns beiden ist immer zu Hause und sonst Marthas Mutter, die würde uns dann schon Bescheid geben, falls wir gerade im Stall oder am Feld unseres Hofs unterwegs sind. Freu mich, Anton, bis bald«, sagte er noch, bevor er mit seinem neuen schwarzen Polo davonbrauste.

Anton ging ins Haus, wo er der Erste an diesem Abend war, wie schon so viele Abende zuvor. Er drehte das Licht auf, ging ins Wohnzimmer und starrte auf die Stelle, wo ihm gestern sein Vater ins Gesicht geschlagen hatte. Es lief ihm dabei ein Schauder über den Rücken und er machte auf dem Absatz kehrt und ging in sein Zimmer, um noch ein paar Aufgaben zu erledigen, die für morgen anstanden. Seine Eltern hörte er nicht mehr nach Hause kommen, und auch ihre Gespräche im Gang vor seinem Zimmer hörte er nicht mehr, so müde war er und schlief bald ein an diesem Abend.

Die nächsten Tage und Wochen vergingen eigentlich wie immer. Anton ging zur Schule, versuchte möglichst viel von seiner freien Zeit wieder in seiner Werkstatt, dem *Kreativschuppen*, zu verbringen und freute sich darüber, dass er handwerklich immer mehr Fortschritte machte unter der Anleitung eines Glasermeisters, der des Öfteren vorbeikam, um den interessierten Kindern und Jugendlichen einige Tricks im Umgang mit Glas beizubringen. Er gehörte zu den Mitgründern dieser Einrichtung und war darum auch immer sehr darauf bedacht, den Jugendlichen die Möglichkeit zu geben, mit eigenen Händen auszuprobieren, wozu sie sonst keine Möglichkeit hatten, und bei ihm war es eben das Arbeiten mit Glas. Im *Kreativschuppen* hatte er die Gegebenheiten dafür geschaffen, Glas zu schneiden, die Elemente zusammenzufügen oder kleinere Arbeiten zu erledigen, die er aus seiner Werkstatt mitbrachte, um sie mit den Jugendlichen dort fertigzustellen, zum Beispiel Türverglasungen oder das Einsetzen einer Fensterscheibe. Auch so mancher ausgefallene Wandspiegel war schon dort entstanden und Anton war an vorderster Front, wenn Herr Schuster, so hieß der Glasermeister, wieder einen Besuch bei ihnen machte, den er ungefähr eine Woche vorher angekündigt hatte. Anton mochte diesen Mann sehr, er konnte von ihm viel lernen, hatte er das Gefühl, und er war auch sehr ruhig und unendlich geduldig beim Arbeiten und Vorzeigen. Er hatte eine auffallend dunkle Stimme und roch immer nach Pfeifentabak, was Anton in seinem Falle als sehr angenehm empfand. Herr Schuster hatte einen Vollbart und darüber schob er immer diese Pfeife hin und her, sodass die Bartansätze an seinem Mund schon ein wenig gelblich waren. Seinen grauen Arbeitsmantel hatte er immer bei sich und seine Stimme war immer freundlich, und er wirkte auf Anton sehr beruhigend. Umgekehrt imponierte diesem Mann auch Anton sehr, da er sehr wissbegierig war und überaus geschickt in dem, was er tat. Herr Schuster hatte das Gefühl – und auch seine jahrelange Berufserfahrung sagte ihm das –, dass dieser Junge ein wahres Talent hatte, und er konnte sich nicht vorstellen, dass Anton einmal studieren sollte, ganz zu schweigen davon, dass es zu ihm passen würde. Doch er würde nie von sich aus etwas dazu sagen, da er fand, dass es ihm nicht zustand, den Jungen zu beeinflussen. Er wusste ja, was Antons Eltern beruflich machten, und es war für ihn auch gar nicht vorstellbar, dass Anton nicht in die Fußstapfen seines Vaters treten wollte.

Anton wusste von all den Gedankengängen des Herrn Schusters nichts, er war nur selig, wenn er da war und er mit ihm arbeiten konnte. Die Schule und dass er abbrechen wollte hatte er vorübergehend beiseite geschoben, zu groß war die Angst davor, was wieder los sein würde, und so versuchte er einfach durchzuhalten.

Irgendwann im Sommer, so um die Mitte der Ferien herum, kam ihm der Gedanke, Martha und Manuel einmal zu besuchen. Er erinnerte sich an das Treffen im Park und mittlerweile war es ihm auch nicht mehr peinlich, auf Manuel gestoßen zu sein, denn nach dem Bild, das er abgegeben haben musste, hatte er gedacht, Manuel glaube, er sei sonst was für eine Type. Aber das war ganz und gar nicht so, und als Anton bei ihnen anrief, um zu fragen, ob er kommen könnte, trotz der Aufforderung von damals, einfach vorbeizuschauen, waren die beiden total begeistert und vereinbarten gleich das kommende Wochenende.

Es war eigenartig. Manuel und Martha waren ja um einiges älter als Anton, aber er hatte das Gefühl, zu Freunden zu fahren, und freute sich richtig. Zu Hause bei ihm gab es diesbezüglich keine Probleme, da seine Eltern, obwohl sie sonst sehr streng waren mit dem Wegbleiben und dem Bei-Freunden-Schlafen, bei Martha sofort ja sagten. Sie war ihnen in der Zeit, wo sie bei ihnen zu Hause war, wirklich ans Herz gewachsen, und sie freuten sich sogar, als Anton mit der Frage kam, ob er ein Wochenende am Hof bei ihnen verbringen dürfte.

Und so holte Manuel, nachdem er die dringlichsten Arbeiten am Hof erledigt hatte, Anton am Freitag ab. Martha kam ihnen schon von Weitem entgegen, als sie die kleine Anhöhe hochfuhren, wo der Bauernhof lag. Es war wunderschön dort, man konnte weit übers Land schauen und weit und breit gab es keinen Nachbarn. Es führte nur eine schmale Straße zu ihrem Hof, die im

Winter schon einmal ein Erlebnis werden konnte, wenn es schneite, denn dann bildeten sich eisige Spurrinnen, da es noch keine Asphaltstraße war, sondern ein Forstweg, in dessen Mitte sich eine starke Wölbung bildete, wenn es länger kalt blieb.

Manuel und Anton redeten gerade darüber im Auto, als Martha von der Wiese herunter auf das Auto zulief. Sie begrüßte Anton stürmisch und drückte ihn so fest an sich, dass ihm ein bisschen flau wurde im Magen, denn er war etwas schüchtern, der Gute. Martha küsste ihn auf die Wange und meinte:

»Schön, dass du endlich da bist, jetzt kann ich dir einmal mein Zuhause zeigen!«

In all den Jahren war es ihnen nicht gelungen, einmal bei Martha vorbeizuschauen, obwohl seine Eltern öfter davon geredet hatten, als Martha noch bei ihnen war, doch irgendwie war nie Zeit dafür gewesen, und auch Uwes mangelndes Interesse, seine Freizeit auf einem Bauernhof zu verbringen, und seine Sorge, sich womöglich noch sein Auto zu ruinieren bei der etwas unbequemen Auffahrt, waren wohl ein Grund gewesen.

Die drei kicherten das letzte Stück bis zum Haus in einem durch, Martha war auf den Rücksitz gehüpft, und so kamen sie gut gelaunt ein paar Minuten später genau vor der Haustür an. Marthas Mutter war einige Tage zu ihrer Schwester gefahren, da sie jetzt, wo Manuel und Martha den Hof fest übernommen hatten, die anderen Kinder alle außer Haus waren und ihr Mann nach monatelanger Pflege an seiner schweren Krankheit verstorben war, mehr Zeit für sich selbst hatte und mit ihrer Schwester gemeinsam das Leben nun wieder ein bisschen mehr genießen konnte. Martha war sehr froh darüber, da ihre Mutter, seit sie denken konnte, immer für die Familie da gewesen war und sich selbst eigentlich nie etwas gegönnt hatte. Jetzt fuhr sie ab und zu übers Wochenende in eine Therme oder machte Tagesausflüge, immer mit ihrer Schwester Ilse, mit der sie nicht hatte aufwachsen können, da ihre Eltern das erste Kind hatten weggeben müssen. Ilse war ein uneheliches Kind. Durch Zufall lernten sich die beiden Schwestern vor einigen Jahren kennen und waren von diesem Zeitpunkt an unzertrennlich geworden.

Anton war so aufgeregt, dass er erst später, als ein bisschen Ruhe einkehrte und sie etwas gegessen hatten, sah, wie schön und friedlich alles war bei Martha und Manuel. Es war ein noch traditionell geführter Bauernhof, den die beiden Schritt für Schritt zu einem Hof umfunktionierten, auf dem man für Touristen Ferien anbieten konnte. Es würde noch ein wenig dauern, aber die Zimmer waren so gut wie fertig. In einem davon würde Anton die nächsten zwei Nächte schlafen. Es war ein schönes helles Zimmer, mit lichtem Holz eingerichtet, und es duftete richtig danach. Es gab ein hübsches kleines Bad mit WC im Zimmer, das mit vielen bunten Mosaikfliesen ausgefertigt worden war, nur die Beleuchtungskörper an der Zimmerdecke und den Wänden hatten noch keinen Schutz und es fehlten auch noch die Fußbodenleisten. Aber es war auch so gemütlich, und vom Fenster sah man direkt an die angrenzende Wiese und den dahinterliegenden Wald. Anton fühlte sich sofort wohl und schlief wie ein Murmeltier.

Am Morgen um sieben wurde er munter, als er durch das Muhen der Kühe geweckt wurde, die sich unter seinem Fenster versammelt hatten. Zu Hause konnte er nie durchschlafen, es war immer irgendetwas, das ihn aus dem Schlaf holte und er brauchte immer einige Zeit, bis er wieder einschlafen konnte. Entweder war es sein Vater, der spät in der Nacht noch durchs Haus polterte, oder starke Kopfschmerzen, die Anton nicht zur Ruhe kommen ließen, oder die Sorge um die Mutter, da er ja jetzt wusste, dass seinem Vater nicht nur bei ihm die Hand ausgerutscht war. Es war oft eine richtige Qual, Schlaf zu finden, und es kam nicht selten vor, dass Anton deshalb große Schwierigkeiten hatte, sich in der Schule zu konzentrieren. Es merkte zwar keiner, da er gelernt hatte, sich gut anzupassen und nicht aufzufallen, aber die Müdigkeit trübte auch manchmal die

Freude an seiner Tätigkeit im *Kreativschuppen*, einfach weil ihm die Energie fehlte.

Darum war diese Nacht in diesem Bett in diesem Zimmer bei seinen Freunden Martha und Manuel wie ein Geschenk für ihn, und so war er voller Tatendrang, als er zu ihnen in die Küche kam. Es roch nach Kaffee und der Tisch war gedeckt mit frischem Brot und Butter und es gab hausgemachten Schinken. Anton grinste über beide Ohren, als er da so dasaß, und als Martha noch mit einer frischen Schokoladen-Palatschinke um die Ecke kam, war es Anton, als müsse er weinen vor lauter Glück. Sie hatte nicht vergessen, wie sehr er Süßes mochte, und er hatte schon lange nicht mehr so viel Fürsorge erlebt wie in diesem Moment, als man gemeinsam am Frühstückstisch saß, dem anderen das Körberl mit den frischen Semmeln reichte, sich unaufgefordert Kaffee einschenkte und einander zulächelte. Anton konnte nicht anders, als ein leises »Danke!« zu flüstern, während er sich mit der Hand eine Träne aus dem Gesicht wischte, die gerade dabei war, an seiner Wange herabzukullern. Martha und Manuel sahen das natürlich, taten aber so, als wäre es an ihnen vorbeigegangen. Sie wussten beide, was los war nach dem Erlebnis im Park, von dem Manuel Martha sehr wohl erzählt hatte, das aber Anton gegenüber mit keinem Wort erwähnt wurde, da sie beide abwarten wollten, wie er sich am

Wochenende verhalten würde. Auf keinen Fall wollten sie Anton belehren oder ihm etwas aufzwingen. Er sollte sich wohlfühlen und Vertrauen fassen, und wenn er reden wollte, würde er von sich aus kommen. Martha kannte ihn ja noch von früher und das Letzte, was Anton tun würde, war reden, wenn man ihn dazu aufforderte.

Und dann, am Abend des gleichen Tages, als sie beschlossen, den lauen Abend zum Grillen zu nutzen, brach er sein Schweigen. Sie hatten den ganzen Tag über viel Spaß zusammen, versorgten die Tiere, mähten gemeinsam das kleine Grundstück vor dem Bauernhaus, das zu steil war und auch zu klein, um dort die Kühe grasen zu lassen, und das deshalb immer händisch mit der Sense abgemäht wurde wie in alten Zeiten. Anton stellte sich sehr geschickt an mit der Sense, im Nu hatte er den Dreh heraus. Sie trugen ein wenig Holz zusammen, da sie am Abend auch ein kleines Lagerfeuer machen wollten, und Martha fuhr in die Stadt, um einzukaufen. Der Tag verging wie im Flug und Anton vergaß ganz seine Sorgen. Es gab Grillwürstchen, saftige Koteletts und Bratkartoffeln zum Abendessen. Manuel war der Grillmeister und Anton hütete das Lagerfeuer gleich daneben, während Martha ein paar Saucen machte und frisches Gemüse aufschnitt. Im Nu war ein köstliches Abendessen fertig.

Sie saßen gemütlich beisammen, als es aus Anton auf einmal hervorbrach und er fürchterlich zu weinen begann. Er erzählte ihnen von den letzten Ereignissen in seiner Familie, die ihn so durcheinandergebracht hatten, und von seinem Wunsch, ein normales Arbeitsleben leben zu dürfen, und dass er auf gar keinen Fall studieren wollte. Auch von den Glasarbeiten, die er mit Herrn Schuster zusammen schon gemacht hatte, erzählte er und dass er sich nichts sehnlicher wünschte, als den Beruf des Glasers zu erlernen. Anton spürte selbst das erste Mal, wie tief dieser Wunsch war und wie groß das Bedürfnis, von zu Hause auszubrechen. Er hatte es zum ersten Mal vor anderen so laut ausgesprochen und fühlte sich richtig gut dabei.

Als er fertig war mit abwechselnd Weinen und Reden und kurzen Wutausbrüchen, die in seiner Stimme mitschwangen, sagten Martha und Manuel:

»Gut, dass du es ausgesprochen hast! Es wird Zeit, dass du anfängst, deinen eigenen Weg zu suchen. Wir helfen dir, Anton.«

Sie waren sich da einig, da sie ja im Vorfeld schon darüber gesprochen hatten, und sie waren froh, dass Anton nun bereit war, sein Inneres preiszugeben. Sie saßen an diesem Abend noch lange zusammen und redeten über den Sinn des Lebens, über Träume und Ziele, die man nicht aufgeben sollte, und dass es wichtig war, im Leben seinen Platz zu finden und den Mut zu haben, gegen den Strom zu schwimmen. Manuel erzählte viel aus seinem eigenen Leben, dass auch er damals große Probleme hatte, sich zu Hause durchzusetzen, er sogar einmal abgehauen war, um seinen Eltern zu zeigen, dass er sie nicht mehr brauchte. Doch das sei gehörig schiefgelaufen und er sei in die falschen Kreise gekommen, wo er angefangen habe zu trinken und auch leider mit Drogen in Berührung gekommen sei. Gott sei Dank habe ihm damals ein Mann geholfen, der ihn voll zugedröhnt auf der Straße gefunden hatte, bevor Schlimmeres passieren konnte, denn es war Winter und er wäre sicher erfroren, so viel getrunken und geraucht hatte er damals. Er kam dann ins Krankenhaus und danach in eine Jugendeinrichtung, die ihn wieder auf den rechten Weg brachte und auch sein Selbstwertgefühl stärkte. Er lernte dort, was es heißt, sich wertvoll zu fühlen, und dass jeder Mensch, ganz egal, wer oder was er ist, ganz besonders ist und richtig so, wie er ist.

Anton hörte gespannt zu, da auch er mit dem Gedanken spielte, von zu Hause abzuhauen, doch bei gründlicher Überlegung nach diesen tollen Gesprächen mit Manuel und Martha beschloss er, diesen Schritt nicht zu tun. »Davonlaufen bringt nichts«, hatte Manuel noch gesagt und das blieb in Antons Gedanken hängen und breitete sich zu einem Gefühl aus, das ihm sehr stimmig und einleuchtend schien. Es war zwar ziemlich scheiße gerade alles, aber wegzulaufen war wirklich keine Lösung, das wusste Anton nun mit Sicherheit.

Sie sahen sich nun öfter. Entweder kam Anton für ein paar Tage zu ihnen oder sie trafen sich in der Stadt in einem Kaffeehaus und redeten viel. Es tat Anton unendlich gut, da er nach langer Zeit wieder einmal das Gefühl hatte, ernst genommen und wie ein Erwachsener behandelt zu werden, das kannte er sonst nur von seiner Werkstatt und von seiner Oma, die aber nicht mehr sehr belastbar war, weswegen er mit ihr über diese Dinge nicht reden wollte. Er machte sich auch große Sorgen um sie, da sie es nur mehr selten schaffte, eigenständig etwas zu tun, und nicht mehr viel Appetit hatte. Das sah man ihr auch an, denn sie war sehr dünn geworden und ihre Augen ganz trüb, wenn sie ihn anschaute.

Anton wusste, dass seine Oma in ihrem hohen Alter schon recht müde vom Leben geworden war. Es tat ihm weh, sie so zu sehen, und es fiel ihm schwer, es ihr nicht zu zeigen. Als Anton sie an einem Sonntagnachmittag wieder einmal besuchte und ihr erzählte, was er so die ganze Zeit tat und dass es ihm nach wie vor Spaß machte, im *Kreativschuppen* tätig zu sein, den sie ihm ja ermöglicht hatte, spürte er, wie eine eigenartige Schwere über ihn kam und auch eine Traurigkeit, die er so nicht kannte. Als er ging, küsste er seine

Oma wie immer auf die Wange mit den Worten: »Bis bald, Oma, halt dich senkrecht.« Das war ein kleiner Wortwitz zwischen den beiden, und normalerweise lachte sie dann auch immer und antwortete mit denselben Worten. Doch dieses Mal nahm sie sein Gesicht in ihre beiden Hände und sah ihn lange an. Mit ruhiger Stimme sagte sie, wie stolz sie auf ihn sei und dass er etwas ganz Besonderes war und dass er, egal was seine Eltern auch zu ihm sagten, immer auf sein Herz vertrauen und nie etwas tun solle, was er nicht ganz sicher selbst wollte. Anton erschrak ein bisschen bei ihren Worten, sie klangen so nach Abschied …

Und das waren sie auch, Worte des Abschieds. Seine Oma verstarb noch in der kommenden Woche, die letzte seiner Ferien, bevor er in die nächste Klasse des Gymnasiums kommen sollte. Es war nicht einfach für Anton, da er so viel noch nicht begreifen konnte und so vieles in seinem Leben die Ordnung zu verlieren schien. Am Tag der Beerdigung von Oma Hedwig sah er seinen Vater am Grab stehen und in sich zusammenfallen. Der starke Mann, der ihm immer so mächtig vorgekommen war, wirkte auf einmal so klein und hilflos und in diesem Moment wusste Anton, dass er alles schaffen konnte – er musste nur vertrauen, sich selbst, seinen Ideen und den Menschen, die ihn so nahmen, wie er war. Er hatte das erste Mal keine Angst vor seinem Vater, da war kein Abstand mehr, den er so oft spürte und dann glaubte, er müsste sich bemühen, seinem Vater gerecht zu werden. Es war, als würde er weiter sein und mehr wissen als er, und plötzlich hatte er das Gefühl, Zeit zu haben, nicht mehr eine schnelle Lösung finden zu müssen. Es ging Anton so richtig gut dabei und als würde seine Oma dem zustimmen, blinzelte die Sonne durch die Wolkendecke und kitzelte Antons Nase, sodass er niesen musste.

Die ganze Familie hatte ganz schön zu schlucken an diesem Tag, und auch die Zeit danach war nicht einfach. Es waren so viele schöne Erinnerungen mit Oma Hedwig verbunden, denn sie war ein wichtiger Teil in der Familie gewesen – wie wichtig, wurde Antons Eltern erst jetzt richtig bewusst. Sie war immer wie selbstverständlich da gewesen, hatte stets für alle einen guten Ratschlag parat, war nie aufdringlich in dem, was sie tat, und freute sich von Herzen über Besuche von Familie und Freunden. Sie war eine gute Gastgeberin gewesen und eine exzellente Köchin, die ihre Lieben oft mit neuen Köstlichkeiten überraschte. Es war für alle ein gutes Gefühl zu wissen, dass sie da war und man sie einfach mal anrufen konnte. Uwe hatte das nicht so oft getan, zwar liebte er seine Mutter sehr, aber wie bei allen anderen Menschen tat er sich auch ihr gegenüber schwer, seine Gefühle zu zeigen, und war immer ein bisschen geschäftlich im Umgang mit ihr. Das tat ihm jetzt leid und er hatte ziemlich zu arbeiten daran, dieses schlechte Gewissen ihr gegenüber loszuwerden. So stürzte er sich mal wieder in die Arbeit, ging zur Routine über und zu den Dingen, mit denen er sich auskannte und bei denen er sich sicher fühlte: zu Fakten und Tatsachen, trocken und nüchtern. Barbara versuchte in dieser Zeit Anton wieder ein bisschen näher zu kommen, da sie wusste, dass Oma Hedwig lange Antons wichtigste Bezugsperson gewesen war. Das musste sie sich eingestehen und deshalb war es ihr ein Anliegen, wieder ein wenig mehr die Familie zu leben und zu versuchen, mehr für Anton da zu sein. Das ging einige Wochen auch recht gut, nur der Alltag mit seinen Gewohnheiten holte sie schnell wieder ein und sie fiel in ihr altes Verhaltensmuster zurück. Die Abende wurden wieder zum Großteil in der Kanzlei verbracht oder bei irgendwelchen gesellschaftlichen Anlässen und die Infozettel an der Kühlschranktür für Antons Essen wurden wieder häufiger.

Anton machte das gar nichts mehr aus, er war sogar froh, wieder mehr Zeit für sich zu haben, da er für die Schule extrem viel zu lernen hatte und trotzdem versuchte, regelmäßig in seine Werkstatt zu kommen. Seine Mutter, so lieb er sie hatte, wenn sie zu Hause war, hatte es sich zur Angewohnheit gemacht, Anton mit Aufmerksamkeit zwangsbeglücken zu wollen, und das kam nicht so gut bei Anton an, da sie ihn dadurch mehr von seinen Schulaufgaben abhielt, als ihm lieb war, und es ihn Zeit kostete, die ihm wiederum im *Kreativschuppen* fehlte.

Zu dieser Zeit arbeiteten sie gerade an restaurationsbedürftigen Verglasungen für Kirchenfenster, eine heikle Arbeit, die sehr viel Fingerspitzengefühl verlangte, da hier das Glas brüchiger war und auch mehr Aufmerksamkeit verlangte beim Ausbessern der abgeblätterten Glasteile, da es sich hier um detailfreudige Szenen-Darstellungen handelte. Anton war enorm angespannt, wenn er über so ein Glasfenster gebeugt stand, das auf zwei Holzböcken aufgelegt war. Er vergaß oft Luft zu holen und bekam ein ganz rotes Gesicht dabei, so wichtig war ihm diese Arbeit. Herr Schuster war begeistert von dem Einsatz dieses Jungen, zumal die Arbeit ja freiwillig war und nicht bezahlt wurde. Anton war sechzehn und in diesem Alter konnte man selbst entscheiden, ob man den Mitgliedsbeitrag weiterzahlen oder sich ehrenamtlich für die Einrichtung zur Verfügung stellen wollte und hier und da mitarbeitete und so seinen Beitrag leistete. Anton arbeitete so gerne mit, dass Herr Schuster schon ein schlechtes Gewissen bekam, weil er sich fragte, ob das, was Anton tat, nicht schon zu viel war, um es nur mit einem Danke abzutun. Für eine Festanstellung war Anton allerdings noch zu jung und außerdem hatte er ja noch die Schule und dann noch ein Studium vor sich, dachte Herr Schuster bei sich.

Anton war das ziemlich egal, er dachte nicht einmal daran, es irgendwie in Geld entlohnt zu bekommen, es war ja sein Hobby, seine große Leidenschaft, und er lernte so viel von diesem Mann. Außerdem gab es immer genug zu essen.

Herr Schuster ahnte zwar, dass Anton nicht ganz so glücklich war bei dem, was man mit ihm vorhatte, dass er studieren sollte, um die Anwaltskanzlei seines Vaters zu übernehmen, aber wie abgeneigt Anton wirklich war, erfuhr er erst durch ein Gespräch, das er zufällig mitanhörte, als Anton mit Manuel telefonierte und er ziemlich aufgebracht dabei mit der Hand herumfuchtelte und seinem Frust freien Lauf ließ. Es war nicht zu überhören, wie gern Anton das, was er in seiner Freizeit machte, beruflich umsetzen würde. Herr Schuster belauschte ihn nicht, aber Anton redete so laut, dass es vom Hof des *Kreativschuppens* bis in die Werkstatt zu hören war, das Fenster war geöffnet und alle anderen waren schon gegangen.

Als Anton in den Raum zurückkam, wo Herr Schuster gerade die letzten Arbeiten des heutigen Tages verrichtete und dabei war, die Glasscheiben einzupacken, um sie auf seinen Lieferbus zu heben, fragte er Anton nur beiläufig, ob er alles geklärt habe. Anton zuckte mit den Schultern und verneinte mit forschem Ton, über den er selbst erschrak. Doch Herr Schuster schmunzelte und fragte, ob Anton noch ein bisschen Zeit hätte, er wolle ihn gerne etwas fragen.

»Ja, sicher«, meinte Anton neugierig. Was das wohl sein würde? Ein neuer Auftrag, bei dem er mithelfen durfte?

Herr Schuster zog an seiner Pfeife, als würde er daraus Luft zum Atmen bekommen. Er setzte sich und meinte, er habe eine Einladung zu einer alljährlichen Messe bekommen, die für ihren Berufszweig ausgelegt war. Da er in seiner Firma viel zu tun habe und keinen Angestellten zusätzlich entbehren könne, er selbst aber aus geschäftlichen Gründen die Verpflichtung hatte, dort zu erscheinen, und die Einladung für zwei sei, würde er Anton gerne einladen mitzukommen. Es wäre erst in zwei Monaten und an einem Wochenende, also mit einer Übernachtung dort.

Anton begann zu grinsen, als hätte er sein ganzes Leben lang auf nichts anderes gewartet. Er ballte seine Finger zu einer Faust und hüpfte in die Höhe.

»Ja, gerne, Herr Schuster, ja, bitte!« Er wusste gar nicht, was er noch alles sagen sollte, um diesem Mann zu zeigen, wie sehr er sich freute.

»Du musst aber schon deine Eltern fragen, ich brauche eine schriftliche Zustimmung von ihnen.

Du bist ja noch nicht achtzehn und ein Wochenende ist es auch, aber das sagte ich ja bereits«,
meinte Herr Schuster schmunzelnd, da Anton
nur seinen Kopf hin und her warf und betonte,
das sei alles kein Problem.

Herr Schuster gab Anton beim nächsten Zu-
sammentreffen eine Broschüre mit, damit er und
speziell seine Eltern sich ein Bild machen konnten, worum es dabei ging, und damit die Eltern
auch sahen, wo Anton untergebracht sein und
wo diese Glaserfachmesse stattfinden würde. Sie
willigten ein, es gab keinen Grund, ihrem Sohn
das zu verbieten, da sie Herrn Schuster, Walter,
wie er im Vornamen hieß, persönlich gut kannten
und Anton in der Schule alles immer zu ihrer Zu-
friedenheit erledigte. Das war auch immer schon
Antons Plan gewesen. Je mehr er schulisch im
vorderen Feld war, desto öfter würde er erlaubt
bekommen, seinem Hobby nachzugehen – und
so war es dann auch.

Es war fünf Uhr morgens, als Anton mit Sack und
Pack warm eingepackt vor ihrem Tor zur Hauseinfahrt stand, um von Herrn Schuster abgeholt
zu werden. Es waren zwei Stunden Autofahrt und
es herrschte Wochenendverkehr, deshalb fuhren
sie so früh los. Anton war so aufgeregt, dass er
die Nacht zuvor gar nicht schlafen konnte und
ständig aufstand, um nachzusehen, ob ihm wohl

seine Mutter alles richtig eingepackt hatte, was er zum Anziehen brauchen würde. Sie war durch ihre ständigen Geschäftsreisen und Einladungen zu Veranstaltungen so geübt in solchen Dingen, das dies ruckzuck erledigt war für sie, aber Anton ging das alles ein bisschen zu schnell und deshalb überprüfte er mehrmals, ob alles in seiner Reisetasche war, was man brauchte bei so einem wichtigen Ereignis. Er war so aufgeregt, dass er fast stotterte, als er die ersten paar Worte mit Herrn Schuster wechselte, während der Antons Tasche im Kofferraum verstaute.

»Übrigens, ich bin der Walter«, sagte er dabei und gab noch als Begründung an, *Herr Schuster* klinge ihm zu förmlich.

Nach einigen Kilometern Autofahrt war das Eis endgültig gebrochen. Nach einer guten Stunde Autofahrt, die die beiden zurückgelegt hatten, und nach Antons unüberhörbarem Magenknurren machten sie Halt an einer Autobahnraststätte, um ein Frühstück zu sich zu nehmen. Es war schon recht viel los und so mussten sie ein bisschen warten, bis sie endlich von einer recht netten, aber etwas überforderten Dame des Servicepersonals bedient wurden. Es war ein sehr gutes Frühstück und auch der Kaffee war so stark, dass Anton gleich ins Schwitzen kam nach Beendigung ihrer Mahlzeit. Gut gelaunt und frisch gestärkt fuhren sie die letzte Stunde bis zu ihrem

Ziel durch. Als Erstes ging es ins Hotel, in dem Walter im Vorfeld schon zwei Einzelzimmer reserviert hatte, checkten ein, ruhten sich ein wenig aus und verabredeten sich für den späten Vormittag am Empfang des Hotels, um zur Messe zu fahren.

Die Messe war nur zehn Autominuten vom Hotel entfernt, nah genug, um zeitlich keinen Stress mit der Fahrerei zu haben, wie Walter beiläufig bemerkte, als sie an der ersten roten Ampel standen und ihm anzusehen war, dass er von der Herfahrt noch recht müde war. Anton dagegen war putzmunter und wetzte auf dem Beifahrersitz schon ganz ungeduldig hin und her. Es war schon ein Riesenwirbel, als sie ankamen und zum Glück gleich einen Parkplatz ergatterten. Walter war schon unzählige Male hier gewesen und wusste, wo er langgehen musste, um dort hinzukommen, wohin sie wollten. Anton gefiel das alles sehr, überall waren Messestände in Hallen aufgebaut, wo man unterschiedliche Verarbeitungsmethoden, neue Geräte dazu, neues Glas und auch viel zu essen und zu trinken bekam. Walter kannte sehr viele Aussteller dort und man unterhielt sich hier und da auch mal länger. Das machte Anton gar nichts aus, sie vereinbarten einfach, wann sie sich wo wieder treffen würden, und Anton schaute sich auf eigene Faust um. Es war hochinteressant und es gab auch sehr viel Information über die Lehre zu diesem Beruf, den Ausbildungsweg und einiges an Fachliteratur, die Anton kiloweise einpackte und in seinem Schulrucksack verstaute, den er vorausschauend mitgenommen hatte.

Walter musste lachen, als er Anton dabei antraf, wie er an einem Stand wie ein Hamster Infomaterial zusammentrug und in seinen Rucksack stopfte, in dem nicht mehr viel Platz war. Er klopfte Anton auf die Schulter und meinte, es wäre einmal Zeit, Pause zu machen und etwas zu essen. Anton willigte ein, obwohl er das Gefühl hatte, etwas zu versäumen, wenn er da jetzt weggehen müsse. Aber Walter meinte, dass sie noch so viel Zeit hätten, der Tag noch lang sei und sie morgen Vormittag ja auch noch hierher kommen würden, bevor sie gegen Mittag wieder heimwärts fuhren.

Anton gab sich mit dieser Aussage zufrieden und die beiden gingen gemütlich in ein angrenzendes Gebäude, das für Gastronomiezwecke umgebaut worden war. Rundum satt kamen sie eine Stunde später wieder in der Halle an, wo Anton seine Tour zuvor hatte unterbrechen müssen. Sie blieben bis zum Schluss und waren anschließend beide absolut erledigt und ganz pummelig vom vielen Schauen und Reden auf der Messe.

Auf seinem Zimmer sortierte Anton mit absoluter Hingabe seine mitgebrachten Unterlagen. Er las manches, anderes warf er weg, da er es doppelt eingepackt hatte vor lauter *nichts vergessen wollen*. Dann rief er kurz zu Hause an, um Bescheid zu geben, dass es ihm gut ging. Barbara war gleich am Telefon und freute sich, dass Anton so fröhlich klang. Sie redeten eine Weile, bis Anton meinte, er sei jetzt müde und müsse dringend schlafen, damit er für den morgigen Tag wieder fit sei, um noch ein wenig Info zusammenzutragen, wie er meinte. Barbara wünschte ihm noch eine schöne Zeit.

Anton schlief wirklich bald darauf ein, so müde war er, er hatte es nicht einmal mehr geschafft, sich zu duschen, und schlief auf der Couch ein, wo er kurz zuvor noch mit seiner Mutter telefoniert hatte, während der Fernseher lief. Irgendwann in der Nacht wurde er munter, drehte den Fernseher ab, zog sich die Jeans aus, schleppte sich ins Bett und schlief schon während des Hinlegens wieder ein.

Der Weckanruf des Hotels erfolgte um halb acht. Walter hatte dies veranlasst, da er wusste, wie müde man nach solchen Messetagen war und dann natürlich auch gerne mal verschlief. Da er aber für Anton noch eine kleine Überraschung parat hatte, musste dieser leider früh aufstehen für einen Sonntag und um neun Uhr wieder startklar sein. Aber nach einem ausgiebigen Frühstück war Anton wieder voll bei der Sache und staunte nicht schlecht, als Walter mit ihm am Messezelt,

in dem sie gestern gewesen waren, vorbeirausch-
te und ihn in ein dahinterliegendes Bürogebäu-
de mitnahm. Es war am Wochenende leer und
die Messebetreiber hatten in den unteren Räum-
lichkeiten kleine Seminarräume errichtet, wo in
einem davon ein Vortrag mit einem anschlie-
ßenden kleinen Film über die Ausbildung und
Möglichkeiten zum Berufswechsel angeboten
wurde. Anton war total überrascht, denn er hatte
damit überhaupt nicht gerechnet, und vor allem:
Woher wusste Walter von seinen Zukunftsplänen
nach der Matura? Denn ein Studium, das war
klar, kam sowieso nicht mehr in Frage.

Er stammelte nur: »Wie … was … woher …?«,
als ihn Walter sanft zur Tür hineinschob und ihn
dem Vortragendem vorstellte. Dieser kam von
einer Berufsschule für Glaserlehrlinge, und da er
schon viele Lehrlinge von Walter bei sich in der
Klasse gehabt hatte, kannten sie sich bereits seit
Jahren. Anton bekam einen guten Platz und fand
erst seine Sprache wieder, als mit ihm zehn andere
Jugendliche und zwei schon etwas ältere Männer
von dem Vortragenden begrüßt wurden. Walter
kam kurz an Antons Seite und sagte ihm, er hole
ihn in zwei Stunden wieder ab und er wünsche
ihm viel Spaß.

Anton war in diesen zwei Stunden nicht einmal auf dem WC und die Pause nutzte er wieder, um Broschüren zu ergattern, die auf einem

Stehtisch im hinteren Teil des Raumes ausgelegt waren. Er sog den Vortrag und den Film wie ein Schwamm in sich auf und als er anschließend mit Walter zum Auto ging, um sich wieder auf den Heimweg zu machen, war für ihn sonnenklar: Er würde den Beruf des Glasers ergreifen, koste es, was es wolle, selbst wenn ihn sein Vater rausschmeißen und enterben würde!

Walter sah die Entschlossenheit in Antons Blick, als er ihn fragte, wie ihm das Wochenende gefallen habe.

»Einfach super, ich bin Ihnen … dir«, Anton war das *du* noch nicht recht gewohnt und hüpfte oft zwischen *du* und *Sie* hin und her beim Reden mit Walter, »so dankbar, dass ich mitfahren konnte. Ich möchte wirklich gerne wieder einmal mitkommen, und wenn ich es dir sagen darf: Es wäre mein größter Wunsch, dass ich mein Leben mal genauso leben kann wie du.«

Walter schmunzelte und meinte leicht verlegen:

»Na ja, ganz genauso ja wohl nicht, Anton. Ich habe drei Kinder von drei unterschiedlichen Frauen, und die letzte habe ich nur mehr, weil sie so viel Geduld mit mir hat und mit mir schon umzugehen weiß, denn privat bin ich kein einfacher Fall und nicht viel zu Hause.«

Anton schmunzelte. »Nein, ich meine doch beruflich, Glaserei und so, du weißt schon.«

Die Fahrt zurück nutzten sie, um darüber zu reden. Anton erzählte, wie er darauf gekommen war, diesen Beruf erlernen zu wollen, und dass es deswegen schon richtig Ärger mit seinem Vater gegeben hatte, als er mit ihm darüber reden wollte. Walter hörte ihm aufmerksam zu, und auch als sie nochmals Rast machten, um zu tanken und etwas zu essen, redete Anton unentwegt davon, wie er sich das vorstellen würde und dass es überhaupt nicht sein Interesse war, wie sein Vater zu studieren, um Anwalt zu werden. Er schnitt auch kurz an, was an diesem einen Abend geschehen war, als er mit seinem Vater reden wollte, und auch, dass seine Mutter ihm da nicht recht helfen konnte und er sie da auch nicht mit hineinziehen wollte, da er sich dann schuldig fühlen würde, wenn sie die schlechte Laune seines Vaters darüber ausbaden müsste.

Walter war ein wenig entsetzt, obwohl er schon viele Geschichten von Jugendlichen kannte, denen es so ähnlich wie Anton erging. Aber bei Anton war das etwas anderes, dieser Junge war ihm extrem ans Herz gewachsen, und das nicht nur, weil er so talentiert war, wie er meinte, sondern auch, weil er immer extrem rücksichtsvoll war. Er hatte Anton oft beobachtet, wenn sie gemeinsam in der Gruppe gearbeitet hatten. Anton half häufig den Kleineren, hatte immer sehr viel Geduld, wenn einer wieder einmal nicht hören

115

wollte und dadurch etwas zu Bruch gegangen war. Anton erklärte in einer Engelsgeduld denen, die noch nicht so weit waren wie er, wie es gehen würde und wie sie sich leichter tun würden, er hielt mit keinen Tricks zurück, die er sich oft selbst beigebracht hatte durch langes Üben und Probieren. Er war immer sehr ruhig und ging Streit prinzipiell aus dem Weg, aber nicht, weil er feige oder ängstlich gewesen wäre, sondern weil er das laute Reden und Schreien nicht mochte, und bei vielen Kindern und Jugendlichen auf einem Haufen konnte es schon mal krachen. Auch ließ er sich von den Erwachsenen und denen, die schon mehr konnten als er, gerne etwas erklären und war sehr dankbar dafür. Er war auch einer der Wenigen, die immer fragten, ob sie noch etwas helfen könnten beim Zusammenräumen oder Herrichten von Jause und anderen Dingen, die es noch nebenbei zu tun gab. Dies alles imponierte Walter sehr, und dass dieser Junge nicht in den Beruf eines Anwalts oder in irgendeine Sparte dieser Richtung passen würde, war ihm von Anfang an klar gewesen. Aber er würde diesbezüglich nie mehr etwas sagen, da er schon einmal deswegen richtig Ärger bekommen hatte. Ganz am Anfang, als er als Glasermeister einen Lehrling ausbildete und das Gefühl hatte, dieser Junge musste das, weil die Eltern es so wollten und nicht er selbst, hatte er einige Mal versucht, mit ihm und auch mit den Eltern zu reden, war aber auf wenig Verständnis gestoßen. Und als Paul, so hieß der Junge damals, auch immer öfter im Krankenstand war und gefälschte Unterschriften dazu brachte und mit allen Tricks Krankheiten vortäuschte, um nur nicht arbeiten gehen zu müssen, wurde Walter auch noch dafür verantwortlich gemacht, indem man ihm vorwarf, Paul nicht fachgemäß ausbilden zu können, und dass es deshalb solche Probleme mit dem Kind gebe. Die Eltern waren so uneinsichtig, dass sie sogar mit der Arbeiterkammer drohten und dem Lehrlingsschutz. Darauf holten sie Paul aus der Berufsschule ab, wo er sich zu dieser Zeit gerade befand, und kündigten fristlos das Lehrverhältnis.

Walter war so geschockt von dem Verhalten dieser Eltern gewesen und auch davon, was sie dem Kind damit antaten, dass er auf das Einhalten der Kündigungsfrist und damit verbundene Zahlungen verzichtete und Paul alles Gute wünschte. Nach ein paar Jahren sah er denselben Jungen in einer Tischlerei arbeiten, wo er bereits die dritte Lehre angefangen hatte, da seine Eltern entschieden hatten, nach Glaser und Verkäufer sollte es nun der Beruf des Tischlers sein, den er lernen sollte. Nach den Blicken und Pauls recht uninteressiertem Verhalten zu urteilen war der Junge wieder nicht recht glücklich mit dem, was ihm da von den Eltern wieder aufgedrückt worden war, und seit damals war Walter mit Einstellungen generell vorsichtiger geworden, aber auch mit Hilfestellungen, wenn ihn wieder einmal ein Jugendlicher bat, ob er nicht vielleicht mit den Eltern reden könnte. Stattdessen gab er den Jugendlichen Tipps, mit welchen Argumenten sie bei den Eltern eventuell für ein Umdenken sorgen konnten, aber für sie reden, nein das wollte er nicht und durfte er ja auch im Prinzip gar nicht. Obwohl er oft geneigt war, dies zu tun, da er nicht verstehen konnte, wie rücksichtslos und mit welcher Selbstverständlichkeit etwas von anderen Menschen vorausgesetzt wurde, ohne nur im Geringsten darüber nachzudenken, ob der Betreffende das überhaupt wollte, vor allem, wenn es um das eigene Kind ging. Kein Wunder, dass so viele nicht nach Hause wollten, lieber mit Freunden abhingen oder irgendeinen Blödsinn fabrizierten, der ihnen aber im Endeffekt statt der erhofften Aufmerksamkeit wieder nur Ärger einbrachte.

Walter gab nie den Jugendlichen die Schuld für die Fehltritte, die sie machten, sondern war überzeugt, dass es im Elternhaus irgendein Manko geben musste, und meistens hatte er recht. Bei Anton hatte er aber das dringende Bedürfnis, mehr tun zu wollen, und das hatte er ja auch schon mit diesem Messebesuch. Er wollte Anton, ohne dass dieser es recht merken würde, den Rücken stärken, aber ohne ihn beeinflussen zu wollen. Das war gar nicht so einfach, aber er war sehr diplomatisch und Anton hatte ja noch zwei Jahre bis zur Matura. Und die, hatte Anton versichert, mache er noch, damit er den Schulabschluss in der Tasche habe und mit achtzehn dann selbst entscheiden könne.

Dass der Aufschrei zu Hause damit vorprogrammiert war, wusste Anton, aber wie Walter sah er in der Zeitspanne, die noch dazwischen lag, die Lösung. Anton fand in Walter einen väterlichen Freund und einen Mentor, wie er später auch zu ihm sagen würde. Sie verbrachten viel Zeit in Walters Werkstatt in dessen eigener Firma und Anton durfte zu vielen auswärtigen Arbeiten mitfahren. Er bekam Einblick in Kostenaufstellungen und in Verhandlungen, wenn es um den Einkauf von Arbeitsmaterialien ging. Anton war nun nicht mehr so oft im *Kreativschuppen*, sondern verbrachte fast seine gesamte Freizeit bei Walter in der Glaserei. Er lernte sehr viel, oft nur durch Zuschauen. Die Schule lief nebenbei mit. Nicht, dass er schlampig wurde oder etwas verabsäumte, was zu lernen war, aber er gab dem keinen so hohen Stellenwert mehr, da er sein Ziel immer näher kommen sah.

Und so war es auch: Kurz nach seinem achtzehnten Geburtstag stand die Prüfung zur Matura an. Die Wochen zuvor gab Anton noch einmal richtig Gas mit dem Lernen. Er ging nach der Schule immer gleich nach Hause und auch die Wochenenden dienten dazu, dass er das letzte Rennen durchziehen konnte, um für die Matura fit zu sein. Sein Vater deutete dies als plötzlichen, aber ihm sehr entgegenkommenden Sinneswandel seines Sohnes und dachte, dieser sei nun endgültig drauf gekommen, was gut für ihn war, und plante in seinem Kopf schon Antons Aufnahme in die Welt der Studierenden. Angemeldet war er ja schon, Uwe hatte alles schon in die Wege geleitet – nur mit dem Plan seines Sohnes und die Entscheidung gegen ein Studium und damit auch gegen ihn, damit rechnete er nicht. Er wusste nicht, dass Anton all die Jahre insgeheim seinen eigenen Plan entworfen hatte und in Martha und Manuel und natürlich in Walter Verbündete hatte, die ihm das Netzwerk dazu bereitstellen würden, dies alles auch umzusetzen. Manuel wollte ihm sein Auto borgen, das er unter der Woche sowieso nie brauchte, da er die ganze Zeit auf dem Bauernhof war, und wenn doch, hatte Martha ja noch ihren alten Wagen von früher, mit dem sie fahren konnten, also der Weg zur Arbeit war schon mal geregelt. Walter hatte einen Platz für ihn in seiner Glaserei, er würde einen Vertrag bekommen, der ihm die Ausbildung ermöglichen würde, aber in der Hälfte der Zeit wie üblich, da er nachweisbare Arbeitsstunden hatte, die er im Laufe der Jahre bei Walter angehäuft hatte. Und da beide im *Kreativschuppen* angemeldet waren, gab es auch keine gesetzlichen Probleme damit, denn die Arbeitsstunden fielen ja unter den Verein. Walter hatte das Gewerbe und Anton das Interesse, sehr viele freiwillige Stunden zu absolvieren, die ihm ja auch seine Eltern im Zuge ihrer Unterschrift bestätigt hatten, im *Kreativschuppen* als freiwilliger Mitarbeiter tätig sein zu können. Die Berufsschule könnte er zweimal zusammenlegen und ein Jahr würde ihm sowieso erspart bleiben aufgrund seiner Matura. Dass ihm Walter für seine Arbeit bei ihm in der Glaserei Geld gegeben hatte, wusste ja keiner und Anton hatte es auf das Sparbuch, das er von seiner Oma einmal bekommen hatte, dazugelegt. So war ein schöner Batzen Geld zusammengekommen, damit Anton ein wenig Startkapital hatte, sollte sein Vater die Drohung wahrmachen und ihn wirklich rausschmeißen, falls Anton nicht wie von ihm beschlossen studieren wollte.

Martha hatte Anton auch angeboten, auf dem Bauernhof zu wohnen, da ihre Zimmer alle fertig waren und auch ein kleines Nebengebäude errichtet worden war, wo sie drei Appartments zusätzlich für Urlauber eingerichtet hatten. Anton könne sehr gerne eines der Appartments nutzen, da sie nun genug Platz hatten und er sowieso an der Errichtung der Zimmer mitgewirkt hatte, da er in seiner Freizeit sämtliche Spiegel und Lampenschirme in liebevoller Kleinstarbeit hergestellt und sie ihnen als Geschenk letztes Jahr zu ihrer Hochzeit überreicht hatte.

So fügte sich eins zum anderen, und wenn Anton es recht bedachte, hatte er in den letzten drei Schuljahren seine gesamte Zukunft vorbereitet, ohne es auch nur im Ansatz so gesehen zu haben in dieser Zeit. Er war nur froh gewesen, so gute Freunde zu haben und sich in dem, was er tat, selbst zu spüren.

Die Zeit bis zur Matura verging wie im Flug und ehe Anton sich versah, hatte er alles überstanden und geschafft, noch dazu mit ausgezeichnetem Erfolg. Er konnte selbst gar nicht glauben, wie schnell die Zeit nun vergangen war und dass das, worauf er sich am meisten gefreut und wovor er sich zugleich am meisten gefürchtet hatte, nun vor der Tür stand. Er hatte die Matura in der Tasche, war achtzehn und konnte nun seinem Vater abermals, aber nun mit Rückhalt, ins Gesicht sehen und das Gleiche sagen wie an diesem einen Abend, als sein Vater die Hand gegen ihn erhoben und ihm ins Gesicht geschlagen hatte. Er wollte und würde nicht studieren, niemals würde er das werden, was sein Vater für ihn vorgesehen hatte, niemals würde er auf seinen Traum von seiner Art zu leben – mit dem Beruf, den *er* ausüben wollte – verzichten. Er würde sich nicht mehr entmutigen lassen und bevor sein Vater ihn wieder schlagen würde, würde er gehen und nicht mehr wiederkommen.

Genau so, nahm Anton sich vor, würde er das an diesem Abend seinem Vater sagen, wenn er ihm das Zeugnis mit dem ausgezeichneten Erfolg vor die Nase hielt. Seiner Mutter hatte er sein Vorhaben schon per Telefon angekündigt, als er sie anrief, um ihr zu sagen, dass er es geschafft hatte, dass er die Schule abgeschlossen hatte und nun fertig war – *mit allem*, wie er sagte. Sie erschrak richtig, denn in Antons Stimme war nicht die ausgelassene Freude zu hören, die sie erwartet hätte nach der überstandenen Prüfung, sondern eine Klarheit, etwas vorzuhaben und auch durchzuziehen, das seinen Eltern nicht schmecken würde. Sie war ein wenig überfordert, als er ihr sein Vorhaben unterbreitete, vor allem hatte sie nicht mehr damit gerechnet, dass ihr Sohn immer noch andere Pläne hatte. Nur, jetzt klang er ruhig, sehr sachlich und so erwachsen. Sie hatte ihren Sohn noch nie so erlebt und fragte sich, ob sie wohl doch mehr Zeit für ihn hätte haben sollen. Sie verschob das Gespräch und somit auch ihre Antwort wie immer auf den Abend und zu Hause. »Lass uns dann in Ruhe reden«, sagte sie, in der stillen Hoffnung, es erledige sich wieder von selbst.

Anton hätte sich zwar gefreut, wenn sie ihn

verstanden und ihm zugestimmt hätte, aber er hatte schon damit gerechnet und eigentlich war es ihm ganz recht, denn so konnte er die Mutter mit diesem Thema ein wenig außen vor lassen und brauchte keine Angst zu haben, sein Vater würde sie als Antons Verbündete sehen und somit auch sie, wie Anton sich sicher war, mit Verachtung strafen. So war er alleine und konnte auch ein wenig rücksichtsloser argumentieren, dachte er bei sich. Er freute sich fast auf den kommenden Abend und damit auf seine ganz persönliche Freisprechung.

Anton war schon zu Hause als seine Mutter um neunzehn Uhr zur Tür hereinkam und übertrieben laut durch das Haus rief, wo denn ihr Sohn sei, dem sie gratulieren wollte zur bestandenen Prüfung. Als Anton sie fast schon hysterisch seinen Namen rufen und die Stiegen hochkommen hörte mit ihren Stöckelschuhen, die einen enormen Lärm machten auf den Stiegenfliesen, raffte er sich hoch und schaute aus seinem Zimmer.

»Da bist du ja«, krächzte sie, schon ein bisschen außer Atem gekommen, »lass dich drücken, ich bin ja so stolz auf dich!«

Anton ließ die Prozedur über sich ergehen und war nur froh, als sie ihn wieder losließ, da sie ein bisschen nach Alkohol roch, und das mochte er überhaupt nicht, schon gar nicht an seiner Mutter. Es passte auch überhaupt nicht zu ihr, aber im Laufe der Jahre hatte es sich so eingeschlichen, dass Barbara ab und zu mal ein Gläschen trank, um ein wenig lockerer zu werden, wie Uwe meinte, und dass es ihr nicht schaden könnte, da sie meistens sowieso total überspannt sei. Sie war bei Vertragsabschlüssen oder sonst welchen Ereignissen immer die gewesen, die nichts getrunken hatte, da Uwe ja mit seinen Klienten nach gelungener Verhandlung oder einem tollen Zwischenergebnis eines laufenden Verfahrens schon einmal ein oder zwei Gläschen zu viel getrunken hatte und das Auto nicht mehr selbst fahren konnte. Dann saß er grinsend neben ihr, hing seinem Sieg nach, den er bei Verhandlungen errungen hatte, und lobte sich selbst, wie grandios er doch sei. Er war wirklich ein As und wenn es um Wirtschaftsrecht ging, war er der richtige Mann. Je verzwickter der Fall, desto größer die Herausforderung und desto stärker seine Motivation, ihn zu gewinnen.

Heute war wieder so ein Tag gewesen und Uwe hatte nach einigen Jahren einen wirklich guten Schnitt gemacht und die Verhandlung zu einem guten Ergebnis geführt. Seine Klienten, ein Großindustriellenehepaar, kamen in seine Kanzlei, um ihm persönlich zu danken und darauf anzustoßen. Barbara musste zwangsläufig etwas mittrinken, war aber an diesem Tag wenig begeistert, da sie wusste, dass Anton mit seinem

Abschlusszeugnis nach Hause kam, und dann wollte sie da sein und ihn mit einem guten Essen überraschen. Ihr Vorhaben war leider wieder einmal an den Verpflichtungen gegenüber ihrem Mann und der Kanzlei gescheitert, aber sie hatte es wenigstens geschafft, ihrem Sohn noch vor Uwes Eintreffen zu Hause zu gratulieren. Uwe ließ Anton ausrichten, er komme heute ein bisschen später, werde aber morgen mit seinem Sohn gebührend feiern gehen.

Als Barbara dies ihrem Sohn sagte, als sie wieder Luft bekam von ihrem Gekreische zuvor, war Anton wenig davon begeistert, da er eigentlich seinem Vater heute Abend endlich die Wahrheit sagen wollte über seine Zukunftspläne. Und da morgen Samstag war und einige Freunde vom *Kreativschuppen* und zwei seiner nun schon ehemaligen Klassenkameraden bei Martha und Manuel zu einer Grillparty eingeladen waren, die sie Anton zu Ehren schon vorbereitet hatten, empfand er es als ziemlich rücksichtslos von seinem Vater, ihn einfach für morgen einzuplanen, wo er sonst auch nie Zeit für ihn hatte, schon gar nicht an einem Wochenende.

Anton beschloss, mit seinem Vater morgen vor der Grillparty zu reden, und zog sich zerknirscht in sein Zimmer zurück. Er versuchte sich ein wenig auszuruhen, hörte dabei etwas Musik und schaute aus dem Fenster. Dabei schlief er dann auch bald ein und wurde erst wieder wach, als er im Gang vor seinem Zimmer lautes Getrampel hörte, das ins Bad zu führen zu schien. Er dachte, es sei sein Vater, der wieder einmal etwas angetrunken orientierungslos den Lichtschalter suchte und damit einigen Lärm verursachte wie schon des Öfteren.

Anton wollte weiterschlafen, aber irgendwie wurde es da draußen nicht leiser, und so beschloss er nachzusehen. Langsam und leise öffnete er seine Zimmertür einen Spalt und schielte vorsichtig hindurch. Es brannte überall Licht und er hörte Stimmen, die von unten kommen mussten. Er kannte diese Stimmen nicht, nur die seiner Mutter konnte er raushören und mehrere Männerstimmen, aber die seines Vaters war nicht dabei. Es wurde ihm ein bisschen mulmig zumute und so beschloss er erst einmal aus dem Fenster zu schauen, das auf den Hof und die Hauseinfahrt hinausging, um zu sehen, ob irgendwelche Fahrzeuge vor ihrer Tür standen, denn einige Autos kannte er von Besuchen, die sie manchmal von Freunden seines Vaters hatten.

Als er aus dem Fenster sah, blieb ihm fast das Herz stehen. Es war ein Polizeifahrzeug, das da in ihrer Einfahrt stand, und nun hörte er auch seine Mutter noch hysterischer, als sie heute schon einmal seinen Namen gerufen hatte, weinend aufschreien. Anton zitterten die Knie und es wurde ihm ganz flau im Magen.

Als er ins Wohnzimmer kam, wo zwei Polizeibeamte seine Mutter zu beruhigen versuchten und gerade dabei waren, einen Arzt zu informieren, der seiner Mutter, wie er später erfuhr, eine Beruhigungsspritze geben würde, hörte er, wie seine Mutter gerade verzweifelt fragte, wie sie das nur ihrem Sohn erklären sollte.

Anton fragte: »Was denn? Was musst du mir erklären, Mama?«

Barbara heulte los und war nicht mehr zu beruhigen, als die Eingangstür aufging und ein weiterer Polizist ins Zimmer kam. Anton klammerte sich an den Türstock und war dabei, daran hinunterzurutschen, weil seine Beine nachgaben, als der dritte Polizist ihn beschützend an der Schulter anfasste und mit ihm in die Küche hinüberging. Dort schob er Anton einen Stuhl zurecht, reichte ihm ein Glas Wasser, das von Barbara noch auf dem Tisch stand und halb voll war, und setzte sich ihm gegenüber auf einen anderen Stuhl.

Als der Polizist zu reden begann, verschwamm alles vor Antons Augen und alle Stimmen und Geräusche hörten sich so weit weg an. Mittlerweile hatte sich Barbara so halbwegs gefangen und kam in die Küche dazu, kniete vor ihren Sohn nieder und umklammerte seine Hände mit den ihren. Als der Polizist mit dem Reden fertig war, wusste Anton nur, dass sein Vater einen schweren Verkehrsunfall erlitten hatte, er aber nicht tot sei und es besser wäre, jetzt nicht gleich ins Spital zu fahren, da er notoperiert werde.

Anton sah seine Mutter an, als würde er einen Geist sehen, fasste sich aber im gleichen Moment und drückte sie an sich, um sie zu trösten. Instinktiv wusste er, dass er jetzt der Stärkere sein müsste, und fühlte, dass es auch gut so war. Seine Mutter brach immer wieder in neue Heulkrämpfe aus und konnte sich erst endgültig beruhigen, als der Hausarzt gekommen war und ihr etwas zur Beruhigung gespritzt hatte. Anton brauchte nichts, er fasste es trotz allem sehr gut auf und versuchte sich selbst ein wenig zu beruhigen, indem er leise vor sich hin sang. Das tat er öfter, wenn er sehr angespannt oder nervös war, er summte dann immer ein Lied vor sich hin, das er irgendwo mal aufgeschnappt hatte und das ihm gut tat. Seine Eltern lachten ihn oft deswegen etwas aus, da es fast wie ein Kirchenlied klang und sie das Bild, das sie von ihrem Sohn hatten, mit dem, was er da summte, nicht über eins bekommen konnten.

Anton wurde von den Polizisten auch gefragt, ob sie jemanden telefonisch verständigen sollten, aber Anton verneinte und meinte, er schaffe das schon und seine Mutter würde ohnehin gleich einschlafen nach dieser Spritze vom Hausarzt, der ihm daraufhin auch zunickte. Die Polizisten gingen, hinterließen Anton aber eine Telefonnummer, unter der er jemanden erreichen konnte, wenn er doch noch Hilfe brauchen würde. Wohl war ihnen nicht in der Haut, Anton mit seiner Mutter alleine zu lassen, aber sie hatten ihre Arbeit getan und es gab offensichtlich keine Notwendigkeit, länger zu bleiben.

Anton blieb die ganze Nacht neben seiner Mutter auf der Couch sitzen, während sie schlief. Er versuchte sich vorzustellen, wie es sein müsste, wenn sie ihm gesagt hätten, sein Vater wäre gestorben. Es war eine schlimme Vorstellung, aber noch leichter zu verstehen als das, was jetzt auf ihn zukommen würde, glaubte er. Er überlegte, wie es wohl sein würde, wenn sie ins Krankenhaus kommen würden, wie sie seinen Vater antreffen würden und vor allem, was genau passiert war. Seine Mutter hatte ja so geweint, dass er nur die Hälfte von dem mitbekommen hatte, was der Polizist mit ihm redete.

Am nächsten Morgen, auf dem Weg ins Krankenhaus, schrieb Anton Manuel und Martha eine SMS, um ihnen Bescheid zu geben, was passiert war, auch um die Party noch rechtzeitig absagen zu können, die sie für ihn geplant hatten. Sie waren schockiert und wünschten Anton alles Gute und schrieben, dass er sie bitte sofort anrufen sollte, wenn er etwas brauchen würde. Dieses

Feedback bekam er auch von allen anderen, denen er Bescheid gab im Laufe der Zeit.

Als sie im Krankenhaus angekommen waren und Barbara sich durchgefragt hatte, wurde sie in ein Sprechzimmer geholt, wo sie mit einem Arzt sehr lange redete. Anton wartete lieber vor der Tür auf sie. Er wollte sich ein eigenes Bild machen, wenn er seinen Vater sehen durfte.

Uwe lag in einem kleinen Zimmer, das an einen großen Raum angrenzte, der zur Intensivstation gehörte. Er lag allein, da seine unteren Wirbel gebrochen waren und auch einige Rippen gefährlich nah an der Lunge gebrochen waren und durch spezielle Einrichtungen und Verkabelungen um seinen Körper herum gestützt wurden. Man hatte ihn in den Tiefschlaf versetzt, da er sonst die Schmerzen nicht aushalten würde, wie die Ärzte erklärten. Sein Zustand sei stabil, jedoch seien die nächsten Wochen entscheidend, es war nicht auszuschließen, dass er gelähmt bleiben würde.

Mit dieser Information standen Anton und seine Mutter nun vor Uwes Bett. Man konnte ihn nicht einmal berühren, so verkabelt und verbaut war alles um ihn herum. Anton stand da und wusste, dass ab jetzt alles anders sein würde. Eigenartigerweise hatte er keine Angst um seinen Vater, sondern spürte eine große Kraft, die ihm das Gefühl gab, dies hier zu schaffen. Seine

Mutter und er fuhren ab jetzt täglich ins Krankenhaus, manchmal gemeinsam und auch öfters getrennt voneinander, sodass fast immer jemand bei Uwe war. Er war zwar nicht ansprechbar, aber das war ihnen egal, Mutter und Sohn waren sich da einig, dass er alles mitbekommen würde, und so lasen sie ihm vor, aus seiner Tageszeitung, die er sonst immer morgens schnell durchblätterte, von einigen Fällen, die er schon gelöst hatte und auf die er besonders stolz war, und alles, von dem sie wussten, dass es ihn interessierte. Barbara versicherte ihm immer wieder, dass er sich keine Sorgen machen müsste, obwohl ihr langsam die Ausreden und Ideen ausgingen, um seine Klienten zu vertrösten.

Schließlich fasste sie sich ein Herz und schloss die Kanzlei bis auf Weiteres, denn es war nicht absehbar, wann und ob Uwe jemals wieder arbeiten konnte, und auch nicht fair denen gegenüber, die warten mussten. Sie beurlaubte die zwei weiteren Mitarbeiter, die ja wie sie auch nur eine Art Sekretärinnen-Anstellung bei Uwe hatten und keine ausgebildeten Anwälte waren, und telefonierte alle noch laufenden Fälle durch, um sie nach Rücksprache mit den Mandanten an Fachkollegen weiterzugeben, schickte denen die Unterlagen zu und löste vor kurzem angenommene Fälle auf, die noch nicht am Laufen waren. Sie musste sehr geordnet vorgehen, da Uwe einen großen Kundenstamm hatte und einige sehr vertrauliche Fälle dabei waren, die viel Fingerspitzengefühl verlangten.

Anton verschob seine Pläne, bis sein Vater wach werden würde, denn er wollte es ihm trotz allem persönlich sagen und auch nicht mit ihrer Verwirklichung beginnen, bevor dieser Bescheid wusste. Es war eine harte Zeit, aber Anton versuchte immer positiv zu bleiben.

Eines Tages, nach ungefähr eineinhalb Monaten, kam die erlösende Botschaft: Uwe würde wieder gehen können und ganz gesund werden. Der Weg dorthin sei jedoch sehr lang, seine Knochen und Wirbel zwar wieder gut verheilt und keine Nerven zu Schaden gekommen, aber nach dem Aufwachen, das die Ärzte in den nächsten Tagen einleiten wollten, würden die Menschen oft unterschiedlich reagieren und den Genesungsprozess durch ihr Verhalten des Nicht-annehmen-Wollens ihrer neuen Lebenssituation oft erschweren. Anton war sich sicher, sein Vater würde das schaffen, er war immer so stark und führend gewesen in seiner Rolle und würde das sicher auch wollen, nämlich schnell wieder gesund werden. Anton betete viel in dieser Zeit, kam durch Martha auch zu seinem Glauben, fand Trost in den Worten Gottes, die er in Büchern und in der Bibel las.

Den Pfarrer mochte Anton nicht so ganz,

denn als er kurz nach dem Unfall seines Vaters einmal Trost suchte und in die Kirche ging, da er nicht recht wusste, wo sonst hin mit sich, gab ihm dieser nicht gerade die passenden Worte, die ein Achtzehnjähriger braucht, um wieder Mut zu bekommen. Es klang eher wie einstudiert und nicht gerade so, als würde ihn der Pfarrer wirklich verstehen. Er bemühte sich zwar auf seine Art, Anton den Glauben und die darin liegende Hoffnung zu übermitteln, aber das kam nicht ganz so ehrlich bei Anton rüber. So beschloss er, auf einem anderen Weg seine Antworten zu bekommen, und stieß auf einen Folder, der im Krankenhaus ausgelegt war und in dem stand, dass man mit Liebe heilen könne, und ging damit zu Martha.

Martha war sehr naturverbunden und für sie bedeutete Glaube, eins zu sein mit allem. Sie war mit ihrem Glauben an Gott und auch an die Engel so stark verbunden, dass sie sich sicher war, dass alles mit jedem durch Energie verbunden war und dass jeder, der für den anderen in Liebe um etwas bat, diesen Prozess bestärkte. Sie war unerschütterlich, wenn es um das positive Denken ging und darum, dass Gott jedem half, man müsse nur aus dem Herzen darum bitten und vertrauen, dass es gut werde.

Anton hatte in dieser Zeit viele Gespräche mit ihr über den Glauben und über die Liebe, die ja von Gott kommt und einen alles überstehen lässt.

Anton war jedes Mal danach ganz leicht und er war dankbar für diese Erfahrung, die er durch den Unfall seines Vaters nun machen konnte. Er wurde sehr erwachsen dabei und hatte keine Angst mehr, denn er wusste, dass alles gut werden würde. Er wusste nur nicht wie, aber auch für das würde es eine Antwort geben, dachte er, als er eines Tages wieder ins Krankenhaus spazierte, wo sein Vater große Fortschritte machte.

Anton war jedes Mal aufs Neue überrascht, wenn er ins Krankenzimmer seines Vaters kam – der mittlerweile auf der normalen Station war, ohne Kabel und sonstige Gegenstände, die aus ihm herausstanden, um ihn zu stützen –, wie liebevoll und voller Freude sein Vater immer war, als Anton zu ihm ans Bett trat. Oft dachte Anton, man hätte seinen Vater im Tiefschlaf ausgetauscht und als anderen Menschen zu ihm zurückgeschickt. Er war kein bisschen bestimmend mehr und auch sonst ganz anders als früher, vor dem Unfall. Er war Barbara auch kein bisschen böse über ihre Entscheidung, seine Fälle weiterzugeben und die Kanzlei vorerst zu schließen, ja er schien sogar erleichtert darüber zu sein. Als Barbara ihm das vor einiger Zeit gesagt hatte, hatte er nur gemeint:

»Mein Schatz, du weißt schon, was zu tun ist, ich verlasse mich da ganz auf dich.«

Barbara hatte ernsthaft beim behandelnden

Arzt nachgefragt, ob ihr Mann durch den Unfall eventuell unter Gedächtnisverlust leide und er überhaupt mitbekomme, was sie zu ihm sagten. Doch der Arzt beruhigte sie und meinte nur, ihr Mann habe ausgesprochen gute Werte und auch keinerlei Spätfolgen vom Unfall. Überhaupt erhole er sich überraschend schnell für diese schweren Brüche und Verletzungen, die er sich zugezogen hatte. Er meinte auch zu ihr, dass Gott wohl mit ihrem Mann noch etwas vorhaben müsse, so gut, wie er bei diesem Unfall auf ihn aufgepasst hatte. Uwe war mit hundertachtzig Sachen in einer Kurve ins Schleudern geraten und sein Mercedes hatte sich mehrmals überschlagen, bis ihm ein Baum bremste, an dem er zerschellte. Das Fahrzeug wurde hinter Uwes Sitz in zwei Teile gerissen und Uwe aus dem Fahrzeug geschleudert, wo er dann dank eines Radfahrers, der nachts noch eine Runde zog, gefunden wurde. Es war eine Landstraße, die um diese Uhrzeit wenig befahren war, und auch die Böschung, an der er gefunden wurde, war sehr uneinsichtig und es konnte leicht sein, dass man daran vorbeifuhr und gar nicht merkte, dass da unten ein schwer verletzter Mensch lag, der mehr tot als lebendig war. Uwe hatte an diesem Abend viel zu viel getrunken und sich nicht daran gehalten, mit dem Taxi nach Hause zu fahren, wie mit Barbara ausgemacht. Er war in sein Auto gestiegen und hatte Vollgas gegeben, zum Teil berauscht vom Alkohol, zum Teil total aufgeputscht von dem scheinbar größten Fall seiner Karriere, den er gewonnen hatte und der ordentlich sein Ego angestachelt hatte.

Der Uwe, der da jetzt im Krankenzimmer saß, war nicht der Uwe, der vor kurzem noch geglaubt hatte, der Größte zu sein. Dieser war liebevoll und so dankbar für alles, ohne das geringste Anzeichen von Statusdenken in seinem Ausdruck – sonderbar, dachte Barbara nur.

Anton schmunzelte, da er fest davon überzeugt war, dass Gott seine Bitte gehört hatte, und zwar nicht nur die, dass sein Vater wieder gesund wurde und sich mit seiner Mutter wieder besser vertrug, sondern auch die Bitte, die er als kleiner Junge schon an ihn gerichtet hatte, wenn er abends im Bettchen lag und seine Oma Hedwig mit ihm immer ein Abendgebet sprach und Anton erklärte, dass Gott alles hören konnte und den Menschen gerne ihre Wünsche erfüllte, es müsste nur der richtige Zeitpunkt dafür kommen. Anton hatte immer zu Gott gebetet, dass er ihm bitte einen Vater bringen möchte, der ihn lieb und Zeit für ihn hatte und, wenn es ginge, ihn so akzeptierte, wie er war, und zum Schluss hatte er immer gesagt: »Danke, lieber Gott, ich weiß, dass du mich gehört hast, bis morgen, dein kleiner Anton.« Jetzt war Anton sich ganz sicher, es war alles mit Gottes Hilfe und dem Glauben daran möglich, wenn man nur die Geduld hatte, es zum richtigen Zeitpunkt geschehen zu lassen.

Von diesem Tag an war die Familie so, wie Anton es sich immer gewünscht hatte. Barbara wurde ruhiger, machte endlich einen Kochkurs, da sie nie besonders gut kochen konnte, und war gerne Hausfrau und Mutter, da Anton noch einen kleinen Bruder bekam, einen Nachzügler sozusagen und eine neue Chance für alle. Uwe kam nach dem Spitalsaufenthalt in eine Rehaklinik, wo er sechs Wochen lang blieb, um wieder an Kraft zuzulegen und die Motorik seines Körpers wieder ganz herzustellen. Er hatte in dieser Zeit viel nachgedacht und auch in einer Gesprächstherapie viel von seiner eigenen Kindheit aufgearbeitet und gelernt, die wahren Werte des Lebens zu schätzen. Er war so unendlich dankbar und glücklich, als er wieder nach Hause kam, dass sein Sohn Anton und seine Frau Barbara, die zu diesem Zeitpunkt schon schwanger war, es aber noch nicht wusste, noch bei ihm waren und in dieser Zeit zu ihm gehalten hatten.

In diesem Moment, wo er in ihre Gesichter sah, die ihn so voller Liebe ansahen zur Begrüßung, erkannte er, wie grenzenlos egoistisch und hart er all die Jahre zu ihnen gewesen war, und er wollte dorthin nie mehr zurück, so sehr freute er sich über sein neues Leben und über seine zweite Chance.

Anton begann fast zum gleichen Zeitpunkt, als Barbara erfuhr, dass sie wieder schwanger war, seine Lehre bei Walter in der Glaserei, und das Appartment bei Martha und Manuel benutzte er nur, wenn er mal zu Besuch kam und über Nacht blieb. Ein eigenes Auto bekam er von seinem Vater nach bestandener Lehrabschlussprüfung, die er zwei Jahre später in der Tasche hatte, und sie suchten es gemeinsam aus und hatten einen Riesenspaß dabei, so wie Vater und Sohn und gute Freunde so etwas eben machen. Anton war zu einem feschen jungen Mann herangewachsen, der mit viel Geduld und Mut das geschafft hatte, wonach andere Menschen ein Leben lang suchten: den Sinn des Lebens zu erkennen und seinen eigenen Weg darin zu gehen und damit für alle anderen ein Vorbild zu sein.

ENDE